L'ENCYCLOPÉDIA VEESKA

www.veeska.com

Ont contribué à cet ouvrage

Des tas de gens que j'ai lus, ou qui m'ont parlé, et que j'ai compris de travers.

Encyclopédie artisanale de tradition
Sans gluten — Sans esprit de sérieux — Sans colorant (pour l'édition noir & blanc) Peut contenir des traces de subjectivité, de mauvaise foi, de mauvais goût — Fautes d'orthographe — Fautes de frappe. Conformément à la déréglementation en vigueur.

L'ENCYCLOPEDIA VEESKA
9ᵉ tirage, revu, corrigé et augmenté — Numéros 93 à 118
20/11/2019 — © Yves Desvaux Veeska 1991-2019
23 rue Pasteur 92250 La Garenne-Colombes (France)
yvesdesvauxveeska@orange.fr - www.veeska.com

Édition : BoD – Books on Demand,
12/14 rond-point des Champs-Élysées, 75008 Paris
Impression : BoD - Books on Demand, Norderstedt, Allemagne
ISBN : 9782322189878 - Dépôt légal : novembre 2019

pAsse-droit

L'exemple même du passe-droit, c'est ce mot qui se place en tête d'une encyclopédie sous prétexte qu'il connaît un A en 2ème position dans son orthographe.

La lettre **A**, quand elle prend la tête de l'alphabet, ou d'un nom propre, elle se tient debout, elle est pointue, capitale, Tour Eiffel, majuscule. Mais dans le petit train-train des mots qu'elle ne commence pas, elle s'arrondit, elle s'assied sur son derrière : a a a . . .

À tue et à toit

Être à tue et à toit avec quelqu'un. Expression familière signifiant : assassiner amicalement quelqu'un sous son toit.

Abeille
Petite bête avec un dard qui passe son temps à lutiner les fleurs. On dit aussi : butiner.

Abri anti-anatomique
Cousin éloigné de l'abri anti-atomique, l'abri anti-anatomique est un maillot de bain genre bikini.

Abri antiatomique portable
Après le téléphone mobile, une nouvelle liberté pour le consommateur averti : l'abri antiatomique portable, qui tient dans la poche, en latex. Comme un préservatif, mais de la taille d'un sac de couchage. Protège aussi du sida, mais pas des piqûres de guêpe.

Accélérateur de particules
C'est un aéronef rapide, par exemple un jet, avec un chargement de marquis et de duchesses.

Accus-puncture
Thérapie pour recharger ses batteries.

Ach so !
Dans les pays germanophones, autorisation donnée à un artiste peintre d'installer son chevalet dans un zoo. S'écrit aussi : « Art zoo ! ».

Actualité
Le plus intéressant dans l'actualité, c'est tous ces graves problèmes qu'on n'est pas en charge de résoudre.

Adidass
Marque de chaussures que l'on achète aux enfants avant de les confier à la D.A.S.S.

Affaires
Terme commode désignant indifféremment les métiers du commerce et de la finance, la corruption, tout ce dont un importun doit s'occuper, tout ce qui tient dans une valise, tout ce qu'un enfant doit ranger dans sa chambre.

Agenda
Un vieil agenda se lit comme un roman sur la futilité de nos urgences.

Aicouple
Coup dans l'aile

Aïe au lit

S'écrit aussi aïoli. Pratique sexuelle sado-maso provençale.

Aile et Faon

En arithmétique, moins moins = plus.
Alors en physique, léger léger = lourd.
Par exemple, aile et faon = éléphant. Si je ne me trompe.

Fig. 1 : Aile et faon - Fig. 2 : Eléphant

AISANCE

POUR VIVRE DANS L'AISANCE QUAND ON N'A PAS LES MOYENS, IL SUFFIT DE S'ENFERMER DE TEMPS EN TEMPS DANS DES LIEUX D'AISANCE.

Aimez-vous les uns les autres™
Cette marque est la propriété de The Coca-Tholica Company.

Alarme
Son intense et sauvagement civilisé qui sert à témoigner à la face du monde de la puissance de son instinct de propriété.

Alliance
Ce bijou de mariage a presque la forme d'un trou, mais ce n'en est pas un. Quand on s'épouse, il ne faut pas se tromper.

Alphabet électrique
A, B, C, **eDF** G, H, I...

Alphabétologue
Si vous avez oublié la 1ère lettre de l'alphabet, consultez le médecin alphabétologue : il posera une spatule en carton sur votre langue, il vous dira « faites AAAAA » et ça viendra tout seul.

Alpinisme frugal
Ou l'art d'accommoder l'Everest.

Alternative
Le communisme, c'était Staline ou Trotski. Le capitalisme, c'est Pepsi ou Coca.

Alterophile
Qui aime les autres, au point de les porter à bout de bras.

Ambiance

Quand l'ambiance est fraîche, pour ne pas prendre froid il vaut mieux parler à mots couverts.

Âme
Grand mot, mais qui paraît petit parce qu'on le voit toujours de loin.

Amer
Il faut de l'i quand on s'aime, parce qu'aimer sans i, c'est amer.

Américain
Les américains sont un grand peuple, et tout ce qu'ils font est plus fort que chez nous. Même leurs cons sont beaucoup plus cons.

Âme-son
Ne pas confondre avec : hameçon, pêcheur, ça mord ? L'âme-Son est un son pointu, émis par l'âme des pauvres pêcheurs qui s'interrogent souvent : alors, sa mort ?

Amour
L'amour, finalement c'est comme la haine : plus on en sème, plus on en récolte.

Amour bête

Quand je vois ta chatte, je souris.

Analyse marketing
L'abbé Pierre fait vendre. Le cul fait vendre. Des histoires de cul de l'abbé Pierre feront vendre.

Âne alphabète
L'âne alphabète est un équidé qui lit un peu mais se contente d'ânonner. Mais ah non ! Il ne peut pas se reproduire avec une analphabète.

Anec-docte
Personne docte, mais aussi anec. C'est-à-dire dont le savoir est surtout valable pour participer à des concours télévisés anecdotiques.

Anémomètre de séant
De anémomètre et maître de céans. Sert à mesurer la vitesse des vents d'une personne assise qui reçoit chez elle.

Ange
Dieu a créé les anges. C'est pourquoi on l'appelle le faiseur d'anges. D'ailleurs, il a aussi créé les fausses couches, et il déteste qu'on se prenne pour lui en pratiquant des avortements.

Angle mort
On n'a jamais vu de géomètre se recueillir sur la tombe d'un angle mort.

Anniversaire

Chaque année, l'un des 365 jours se trouve être l'anniversaire futur de notre mort.
...
Quand on fête son anniversaire, on n'a pas qu'un an de plus. On a aussi un an de moins. Un an de moins à vivre.

Ânonner
Quand on lit mal, on hait la lecture. Mais aussi pourquoi tant de n, dans ânonner.

Antédiluvien
Temps plus vieux.

Anthropologie
Selon Darwin, l'homme descend du singe. Selon la R.A.T.P., il descend du bus.

Anthropophagie

Preuve que l'homme est foncièrement bon, s'il est bien préparé.

Anticonformisme
Dire qu'on est différent, pour faire comme tout le monde.

Antioxydant
Pour préserver votre cœur et vos vaisseaux, pour avoir l'air jeune et la peau souple : les antioxydants. Attention, ne pas confondre avec les anti occident de la marque Al-Qaïda.

Antipollution
Après le pot catalytique, un nouveau dispositif antipollution : le pot d'échappement interne au véhicule, associé au port du masque à gaz pour le conducteur (en option pour les passagers).

Anti-tabac
Pour vous arrêter de fumer, évitez de prendre des résolutions plus ou moins fumeuses.

Anti-tabagisme
Aux Etats-Unis, les non-fumeurs exigent d'être enterrés dans un carré de cimetière réservé aux non-fumeurs.

Anti-trust
Les multinationales sont contre le monopole des États dans la production de la loi. Elles veulent faire la loi elle-même. Loi du marché ou crève.

Antivol
J'ai vu passer mon vélo en plein ciel : j'avais oublié de mettre l'antivol !

Apartheid
Recette indigeste de ghetto au chocolat sans vanille, ou à la vanille sans chocolat.

Apartheid (en musique)
Écrire les notes noires et les blanches sur des partitions séparées, et les faire jouer par des interprètes distincts.

Apartheid (en photo)
Pour les photos en noir et blanc, tirer le noir et le blanc sur des papiers séparés.

Aphorisme
Un aphorisme bien tourné fait paraître *profonde* une pensée *creuse*.

Appel du muezzin
Dans les pays occidentaux, l'appel du muezzin pour inviter les fidèles à la prière est remplacé par l'appel de la publicité pour inviter les gens à consommer.

Arabe
La preuve que le racisme est inconnu sur la Côte d'Azur : on y laisse entrer les émirs arabes dans les casinos.

Arbuste généalogique
Papa. Maman. Bébé.

Architecte
Métier édifiant.

Archi tecte
Quand on est vraiment très très tecte, on est archi tecte.

Armoire à glace
Se dit d'un homme très musclé. Ou d'un grand meuble avec un miroir sur la porte. Certaines femmes aiment mettre des armoires à glace dans leur chambre. D'autres carrément dans leur lit.

Arrêt-Décès
Cinéma d'art et d'essai, ou d'arrêt-décès : genre de film d'auteur inachevé parce que c'est le producteur qui meurt à la fin.

Arrrrrogant
Qui ne manque pas d'R

Art conceptuel
Solution de repli pour l'artiste nul, qui lui permet de faire croire au public que c'est lui qui est nul.

Art Mineur

Amateurs d'art mineur, vous adorerez ce très beau couple homonyme, représentant un mineur de charbon et un mineur d'état-civil.

Art dans le métro
Dans un wagon de métro, on peut faire tenir 26 voyageurs assis, 110 debout. Ou 10 sculptures de Botero, et 100 de Giacometti.

Art minimal
L'art minimal est un genre artistique qui a eu beaucoup, beaucoup, beaucoup, beaucoup de succès. Dans une œuvre d'art minimaliste, on peut trouver beaucoup, beaucoup, beaucoup de choses. Parfois de la pureté. Parfois du vide. Ou encore, de la prétention.
Mais le pire art minimal, c'est celui qu'on ne fait pas, et dont on ne parle pas.

Art picturo-dominical
Genre artistique traditionnel que pratique le peintre du dimanche.

Art vider eau
Synonyme : art vidéo. Art de vider une baignoire sous l'œil d'un camescope ou d'une webcam.

Ascension
Ce qui, dans l'Antiquité, n'était qu'une fête profane (la Fête des Ascenseurs) est devenu ensuite une fête religieuse qui se célèbre, aujourd'hui, par des processions en automobile sur les autoroutes.

Ascétisme et speed dating
Si on veut faire un stage d'ascétisme, qu'on est pressé, qu'on connaît 5 gourous mais qu'on n'arrive pas à choisir, on peut prendre rendez-vous avec ces cinq ascètes de 5 à 7.

Assassaint
Saint homme fanatique aimant tuer son prochain pour l'amour de Dieu.

Assassin
Un assassin est un voleur. Un voleur de vie. *(C'est joli comme définition.)*

Assistanat
Direction assistée, aide au freinage d'urgence, correcteur de trajectoire, GPS…

Non à l'assistanat !
dans la conduite automobile

Astéroïde
Petit corps céleste orphelin, écraseur d'astronautes imprudents.

ASTICOT
Le dernier animal familier de l'homme.

Atchaume
Se prononce : « Aaatt…chaume ! ! ! » Nom scientifique du rhume des foins.

Athée
Qui a Foi en la Non-Existence de Dieu.

Attente
Étirement élastique du présent qui s'efforce d'atteindre le futur.

Audimat
Système de mesure des goûts télévisés des gens qui ont le mauvais goût d'accepter le principe de l'audimat.

Autobus
De auto et bus. Se dit des verres qui se sont bus tout seul (se prononce autobu).

Autodérision
On n'est jamais si bien moqué que par soi-même. Ça fait rire au lieu de faire mal.

Auto-dérision
Rouler en Ferrari dans un embouteillage.

Automobilistes
Plein de gens sont séquestrés régulièrement dans une caisse où ils ne peuvent même pas se tenir debout, qui bouge, fait du bruit et de la fumée. On appelle ces malheureux des automobilistes.

Autoportrait
Genre pictural où c'est le tableau qui regarde le spectateur. On dit aussi : peinture sur soi.

Autoroute
D'avion, on comprend bien la poésie des autoroutes, tous ces jolis embouteillages avec leurs petites lumières.

Avant-garde

Expression artistique d'origine militaire. Désigne ceux qui, à force de vouloir être devant, oublient d'aller voir ailleurs.

Avant-ringarde

Cousine de l'avant-garde, l'avant ringarde concerne les artistes à la pointe de la mode aujourd'hui, et à la pointe de la ringardise de demain.

Bander
On ne dit pas d'un homme qui bande qu'il est bien élevé. Cependant, une partie de lui-même est bien élevée.

Avanturier
Avoir une vie *avantureuse* est sans danger. Il suffit d'évoquer les expériences extraordinaires que vous avez vécues *avant*. Les raconter suffit à faire de vous un avanturier.

Aversoin
De soin, et aversion. Prodiguer des soins avec dégoût.

Avion
Comme un Lavion sans L.

Aztèque haché
Plat préféré des découvreurs de l'Amérique, l'Aztèque haché serait à l'origine du BigMac.

B

Bien qu'il ne soit que la 2e lettre de l'alphabet, le B commence Bien.

Le B est aussi une lettre au profil de matrone, avec gros seins et gros ventre. Avec le B, on fait des BéBés.

Baie
Quand la mer s'ouvre, la baie bée.
Quand la mère s'ouvre, le bébé.

Baignoire
2 usages connus :
- Pour prendre un bon bain chaud et détendant.
- Pour torturer un prisonnier à l'électricité.

Bâiller
Synonyme : se lever les dents. Le matin, au réveil, on se lève les dents.

Bailleur
Je baille quand j'ai sommeil, mais je ne suis pas un bailleur cependant. C'est mon propriétaire qui tient ce rôle à ma place quand je suis las.

Balustrade
L'avant-dernier objet que l'on touche quand on se défenestre.

Balai de chasse
Chasseurs, même tranquillement chez vous, retrouvez le plaisir de la chasse grâce à notre « Balai de chasse ». Aucune araignée sur aucun plafond ne vous résistera avec ce nouveau balai, équipé de sa crosse et de son viseur exclusifs.

Banque de sperme

Travailler dans une banque de sperme : un bon métier pour les branleurs.

Automate pour banque de sperme

Banque
Endroit où l'on met de l'argent de côté pour en avoir devant soi.

Banquise
Sorte de banque pour geler des avoirs.

Bar
Mesure de physique ou débit de boisson. Là où dans tous les cas on trouve de la pression.

Barricades

Maintenant que sur internet, on peut trouver des entreprises de location de barricades, l'organisation d'émeutes n'est plus un souci.

Bavardage
Le bavardage est à la discussion ce que la barbe à papa est au plat cuisiné.

Beauté

Dans la presse féminine, il y a beaucoup de page « votre beauté » : soins du corps, maquillage, parfums, etc. Et même des pages « votre beauté morale » : articles humanitaires, écologiques, etc.

Bébé
Quand on donne la vie à un bébé, on lui donne aussi la mort. Même si ce n'est pas pour tout de suite.

Bébés phoques
Pour les bébés phoques, c'est dangereux de se marrer. Il paraît qu'on les massacre pour leur fou rire.

Belle lurette

C'est bien joli, mais ça fait bien longtemps que je ne sais plus à quoi ressemble une belle lurette.

Ben *Loden*
Terroriste introuvable à la frontière entre l'Afghanistan et le Pakistan, mais facile à localiser aux frontières entre Neuilly, Auteuil et Passy.

Bibliothèque
Des livres et nous. Du bien et du mal.

Billetterie automatique
La billetterie automatique vous permet d'éviter la queue au guichet. À la place, vous faites la queue à la billetterie automatique.

Blâme ! ! !

Bruit désapprobateur d'une porte qui se claque.

Bleu
Couleur du ciel, et aussi des hématomes.

BLUES.
Le meuglement de vache produit un son mélancolique qu'on appelle le blues de vache.

Bois !
Exemple de verbe conjugué à *l'apéritif*.

Boîte de nuit
Boîte hermétique pour conserver un peu de nuit avec soi, même en plein jour.

Bon sens
Expression employée par ceux qui en ont pour désigner leurs préjugés.

Bonheur
À trop revendiquer le droit au bonheur, on finirait par se rendre malheureux.

Bonhomme
Les bonhommes sont les enfants des enfants, fragiles, mal élevés, jolis, féconds et de mortalité élevée.

Bonjour™

Si vous déposez le mot « Bonjour™ », dans la catégorie Marques de civilité, vous pouvez faire un procès à toute personne utilisant frauduleusement ce mot « Bonjour™ » pour saluer gratuitement son prochain.

Bonnes Fêtes de Fin damnée
Parce que l'enfer, c'est les autres, quand on est seul à cette époque-là.

Bonne ménagère
Une main de fer dans un gant de caoutchouc.

Bonne sœur
Saint-SulSPICE GIRLS.

Bonsaï
Si vous aimez les bonsaïs, sans savoir comment en fabriquer un, prenez simplement un frigo, de l'eau, et commencez par le plus simple, un bonsaï d'iceberg : un glaçon.

Borgne
En deuil d'œil.

Borgnes
Quand un aveugle est horripilant, on dit qu'alors là, il dépasse les borgnes !

Boulanger
Mon boulanger me mène à la baguette.

Boules Qui est-ce ?
Bouchons de coton dans les oreilles pour empêcher plus spécialement de savoir qui fait du bruit.

Boules Quiès
Genre de baladeur fonctionnant sans pile pour les amateurs de silence.

Bourreau
« Bourreau, fais ton office ». Expression utilisée devant la guillotine, pour l'exécution d'un criminel. « Bureau, fais ton Office ». Expression utilisée devant l'ordinateur pour l'exécution d'une tâche Crimosoft.

Bourse
Testicule ; couille ; porte-monnaie ; institution financière.

Bonnes manières :

Exemple 1 : attendre son tour

Exemple 2 : offrir son siège à une dame

Boussole
Conseiller d'orientation.

Boy *cottage*
Garçonnière où aucune jolie fille ne vient jamais.

Bracelet électronique
Le « bracelet électronique » est une mesure d'aménagement de peine permettant d'exécuter une peine d'emprisonnement sans être incarcéré. On peut aussi s'acheter un bracelet électronique chez Décathlon ou ailleurs pour se surveiller soi-même.

Braquer
Braquer un projecteur est moins risqué, mais aussi moins profitable que braquer une banque.

Brcdbr
Mot magique, après qu'on l'ait traité à l'acide. (Acide : de a et cide, substance toxique pour se débarrasser des a). Avant traitement, se lit Abracadabra.

Bretagne
Pays catholique laitier réputé pour son beurre de missel.

Bruit qui court
Quand un bruit court, souvent les gens marchent. Et ils se font dépasser, bien sûr.

Bûceron
Bûcheron sans H.

Buren
Daniel Buren est un artiste qui s'est rendu célèbre par son travail sur les rayures. Mais qui est l'auteur de toutes ces bandes blanches sur les autoroutes ?

C

Le **C** serait un **O** coincé incapable de se clore. Ce qui n'est pas le cas du **Q** qui est un **O** piqué au coin. Le **C** a le son du **Q** ou du **K** ou du **S**, et à cause de ça, ce cas du **C** est aussi insaisissable que compliqué.

Cabine de plage
Si vous voyez une cabine de plage en pierre taillée, avec une grille devant et une croix au-dessus, c'est que vous n'êtes pas à la plage mais au cimetière.

Cabriolet
Je suis riche et je roule en cabriolet. Ma richesse, c'est de ne pas être pressé, et mon cabriolet, c'est mon vélo.

CAC 40
Se prononce caca rente.

Cacaophonie
Quand plein de personnes mangent bruyamment du chocolat en même temps, quelle cacaophonie !

Cadastrophe
Quand on veut changer des frontières entre voisins, et que ça tourne mal.

Cafard
Il est moins mortel pour un homme d'avoir un coup de cafard que pour un cafard d'avoir un coup d'homme.

Cage
On trouve ce mot dans l'expression : comme un poisson en cage. Vrai ou fauve ?

Caïd
Ce qui distingue les caïds de banlieue des caïds du Forum de Davos, c'est surtout le volume de leurs affaires. Mais aussi leurs manières, leur look, leur façon plus ou moins sophistiquée de s'arranger avec les lois.

Caillé de brouillon
Essai de fabrication de yaourt.

Caisse
Quand on ne sait pas quoi mettre dans une caisse, il suffit de lui demander : — Caisse que tu veux ?

Calcaire ™

Marque déposée (sur un verre, un robinet, une baignoire…)

Camat-sous-Tra
Une coutume pittoresque régit les relations entre homme et femme dans le petit bourg de Camat-sous-Tra, comme en témoigne cette illustration à ne pas mettre entre toutes les jambes.

Calcul
Quand on se fait enlever un rein, à la place on a rien, c'est une opération de soustraction, et en plus il faut payer l'addition.

1 – Geste tendre d'un être humain pour un autre.
2 – Marque de fromage blanc.

Calvaire
Un petit verre, ça n'a jamais fait de mal à personne. Un petit calvaire, ça n'a jamais fait de bien.

Camp de rééducation
Idée politique : créer des camps de rééducation à la gentillesse, pour soigner les hommes de pouvoir.

Canard
Dans un journal, dans n'importe quel canard en fait, même un vilain petit canard, on trouve toujours des signes. C'est beau l'écriture.

Canard laquais
Magazine gastronomique à la solde du Parti Communiste Chinois.

Caniveau
Torrent indomptable et mystérieux pour les petits bateaux en papier.

Capitalisme
La Bourse ou la vie. Pas les deux.

Dans un souci d'efficacité et de rationalisation, nous avons remplacé la différence entre le bien et le mal par la différence entre profitable et non profitable.

Peut-être qu'un jour il va falloir choisir : sauver le capitalisme, et limiter la démocratie. Ou sauver la démocratie, et limiter le capitalisme.

Capitalisme sauvage
Ne connaît que la jungle. Très dur à apprivoiser.

Capot
Beaucoup d'américains sont si ignorants du monde qu'ils ont du mal à s'intéresser à ce qui se passe au-delà du capot de leur 4X4. Que faire ? Allonger les capots des 4X4 ?

Caresse
Une caresse qui trouve sa place exacte exalte.

Carton à dessin
Si on enlève l'ART dans un CartON, il reste C O N.

Carton ondulé
Les cartons ondulés. Les vaches aussi. Certains fromages ont un goût de carton, parce que les cartons ont du lait.

Cash-flow
Quand une société pétrolière, pour maximiser ses bénéfices, utilise des supertankers pourris qui provoquent des **marées noires**, elle fait du cash-flow pour ses actionnaires, et du **cache-flots** pour les autres.

Cata - strophes
Poème désastreux.

CÉLÉBRITÉ

On peut être célèbre, mais si personne n'est au courant, ça ne sert à rien.

Centre de gravité
Centre où l'on enferme les gens qui font des choses graves, comme tomber par terre.

Céréale killer
Tueur en série armé de pétards de maïs.

Cerveau

Masse molle et gélatineuse où clabotent l'intelligence, le sentiment amoureux, mais aussi les haines, les frustrations… Le langage y dresse une carte précise permettant à la pensée de s'orienter. Évidemment, plus on a de mots, mieux on s'y retrouve.

Chaînes
Nouvelle télévision : en régime médiatique satellitaire, la liberté, c'est de choisir ses chaînes.

Chaise électrique

Inconvénient de la chaise électrique par rapport à la guillotine : c'est encore le contribuable qui paie l'électricité.

Chalumots
Petits mots brûlants pour ressouder un couple désuni.

Chancre
Un R de trop, et c'est pas de chance.

Chandel
ça veut dire chandelle. Quand un typographe économise les lettres, jusqu'à faire des économies de bout de chandel.

Changement

Le goût du changement devient parfois une fâcheuse habitude.

Chanson à boire
Poème en verres libres.

Chapeau

Chapeau de la Reine d'Angleterre

Chapiteau
Un chapiteau n'est pas un petit chapeau.

Charenthèse
Thèse, antithèse, charenthèse : c'est aussi un bon plan-type pour une dissertation sur le droit à la paresse.

Chariot élévateur
Petit véhicule urbain grâce auquel on trouve toujours à se garer, en déplaçant et en rangeant à son idée les autres voitures.

Charnier

Mot masculin. Au féminin, devient inoffensif : charnière.

Chasse à courre
Dans une chasse à courre, on peut choisir de courir après le fromage ou des cerfs.

Chat
Animal égoïste et sournois apprécié pour ses qualités humaines.

Chat-mot
Le chat-mot n'est pas un chat, mais un mot. C'est pour ça qu'il ne miaule pas. Il ne blatère pas non plus.

Cherche-Midi

Si vous n'avez aucune raison de le faire, évitez de donnez rendez-vous à quelqu'un rue du Cherche-Midi, à 14h.

Chercher
Verbe deux fois cher.

Cheveux
Poils nobles proches du cerveau.

Chevilles enflées
Chassez le naturel, il revient au mégalo.

Chiant
Si vous mettez iiiiii !!! dans un chant, ça devient chiiiiiant !!!

Chiantifique
Un exposé chiantifique = un exposé scientifique un peu chiant.

Chien
Animal dont la compagnie est recherchée par les gens que la pudeur retient de déféquer eux-mêmes sur les trottoirs.

Ciel (1er point de vue)
Espace infini au-dessus de nos têtes, dépourvu de rambardes et de garde-fous.

Ciel (2e point de vue)
Nous habitons au fond du ciel, les pieds posés au sol et la tête flottant à peine à quelques dizaines de centimètres au-dessus.

Cinéma paysan
Le genre cinématographique qui convient quand on veut être tracteur.

5 à 7
Après ça, certaines femmes se retrouvent en clock.

Clichié
Photo merdique.

Clochard
Tache coriace et déprimante entre deux allègres publicités dans le métro.

Coach
Nouveau mot à la mode. Par exemple, ne dîtes plus berger, dîtes : coach de mouton.

Le coach et la mouche
Fable sur les dresseurs de mouches savantes.

Coca-Cola
Détergent buccal pour aseptiser les papilles gustatives avant l'absorption d'un McDo.

Cochon
L'homme est un loup pour l'homme. Et d'autres fois un cochon pour la femme.

Code de la route
Si un motard ne respecte qu'à moitié le code de la route, ça peut se comprendre : il n'a que deux roues.

Coffre
Un coffre, c'est une malle pour un bien.

Colique
Quand, à la suite d'une grande peur, l'intérieur du corps prend la fuite.

Collectionneurs de papillons
Arrêtez d'épingler des papillons sous vitrine. Car les papillons ne sont pas dangereux, même vivants.

Collet
Si vous avez des pucerons dans votre potager, pour éviter tout traitement chimique, pensez à poser des collets à pucerons. Même si c'est un peu plus long à relever que les collets pour les lapins, c'est tellement plus écologique.

Colloque frénétique
Quand le déplacement d'un calcul du rein vers la vessie suscite la polémique dans un congrès médical.

Colombe
La colombe est l'emblème de la paix, et aussi la cousine du pigeon rôti.

Deux colombes pacifiques
s'interrogeant sur le sens de la vie.

Coloscopie
La colocation, c'est quand on partage une location. La coloscopie, c'est quand on partage son colon avec une sonde.

Com
Être dans la com. Abréviation bienséante du mot communication, pour désigner la propagande émise par une entreprise ou une institution. Le mot propagande ne se dit pas, il est malséant. On dit : « com ».

Commerce équitable
C'est bien de mettre des mentions « commerce équitable » sur quelques produits. Mais pourquoi ne pas plutôt inscrire « commerce pas équitable » sur tous les autres ?

Communisme
Le communisme a été une forme d'idéalisme que des hommes ont tenté d'atteindre par les voies du réalisme et du matérialisme. Et même en complétant avec du cynisme, ça n'a pas marché.

Compartiment fémur
Depuis qu'il n'y a plus de compartiment fumeur dans les trains, on a pu mettre en place des compartiments fémur, où l'on a de la place pour ses jambes. Cette initiative de la SNCF (Société Nationale des Compartiments Fémur) a fait un tabac.

Compas
Outil pour faire des ronds. Mode d'emploi : jetez votre compas dans l'eau. Ça fait vraiment des ronds.

Complexe d'Œdipe
Baby-foutre.

Comptes
A moi, comptes, deux mots. J'ai fait mes comptes, et tout compte fait, je préfère les contes de fée.

Concentration
La concentration est une activité qui consiste à se concentrer pour réfléchir. Mais méfions-nous des idéologues qui veulent nous faire nous concentrer tous ensemble sur les mêmes idées. Parce que ceux-là, ils finissent par créer des camps pour ça. Des camps de concentration.

Confession
Jeu érotique raffiné consistant à émouvoir con et fesse d'une belle pénitente par de simples mots prononcés au travers d'un petit parloir grillagé.

Confessionnal
Machine à laver les péchés. Avec deux programmes : lavages délicats, pour les péchés véniels ; lavage haute température infernale pour les péchés mortels.
Lessive conseillée : La-Croix.
Bibliographie : l'Évangile selon Saint-Marc.

Confiance
Je doutais tellement que j'ai fini par douter que je doutais réellement. Et à partir de là, j'ai repris confiance en moi.

Conflit intérieur
Qu'arriverait-il à un candidat au suicide pris d'une brutale envie de pisser au moment de passer à l'acte ?

Congés
Mot équivalent à la permission de sortie des détenus. Utilisé pour les personnes qui ne sont pas détenues en prison, mais dans leur emploi du temps habituel.

Conjugaison irrégulière
Je pensais l'épeler,
Tu pansais les plaies.

Conquête féministe
Que les femmes se démerdent toutes seules pour l'entretien de leur voiture, c'est une conquête du féminisme à laquelle bien des hommes sont attachés.

Con-science
« Science sans conscience n'est que ruine de l'âme. » Tandis que conscience sans science, c'est simplement con.

Conseil aux suicidés
Si vous n'avez pas le moral, au lieu de vous jeter sous le métro, jetez-vous sous la couette.

Conseil d'orientation
C'est en forgeant qu'on devient forgeron. Mais ce n'est pas en massant qu'on devient maçon.

Con sensuel
Organe féminin faisant l'unanimité. Tous les mâles n'en pensent que du bien.

Conservatisme
Le conservatisme en politique permet la capitalisation la plus efficace des tensions sociales pour promouvoir des révolutions, et changer ainsi de conservatisme.

Consommateur
La publicité ruisselle de drôlerie, d'affection, d'estime pour nous ; et de séduction, et de compréhension même. Elle fait tous ces efforts pour nous. Pour nous prendre pour des cons. Pour nous rendre cons. Consommateurs.

Contenance
Quand on a besoin de se chercher une contenance, c'est qu'on se sent un peu creux.

Contrefaçon
Cartier défavorisé.

Contrôle technique automobile
Ce contrôle comportera désormais une épreuve de crash-test. Avec contre-visite obligatoire à la casse pour dire adieu à sa vieille voiture.

Convertisseur
Si votre convertisseur franc / euro ne vous sert plus, une simple mise à jour peut le transformer en convertisseur catholique / protestant. C'est plus difficile toutefois que de convertir un simple canapé, surtout si celui-ci est convertible.

Copine
La copine est à la pine ce que n'est pas le copilote au pilote.

Coprophilie
Du grec « kopros » *excrément*.
Qui aime les matières fécales. Ne pas confondre avec amour de la copro, de la copropriété.

Corps
Incroyable assemblage d'os, de gras, de poils, de liquides poisseux et de matières gluantes diverses dont on peut néanmoins tomber amoureux dés qu'il y a une âme dedans.

Correcteur poétique
Après le correcteur orthographique, une nouvelle fonctionnalité de votre traitement de texte, pour donner un tour plus poétique à votre courrier commercial.

Coton-tige
Objet long et rigide, pour pénétrer les oreilles.

Couleurs complémentaires
Le verre est le complémentaire du rouge.
Le faune est le complémentaire du violé.
Quant au bleu, il est à l'orange ce que le fromage est au dessert.

Coulure : couleur, où le **e** a bavé à la fin du mot.

Couple
De nombreuses personnes ont absolument besoin de vivre en couple. D'éprouver un sentiment fort et exclusif. Un sentiment fort et exclusif pour leur smartphone par exemple.

Courants d'air
Ils provoquent d'incessants et cruels déplacements de population chez les acariens.

Que faire avec vos légumes ?

Courge
Pour avoir du cour**a**ge, prenez une courge, rajoutez-y un a.

Courgette
Si vous n'avez pas les moyens d'avoir un jet privé, vous pouvez toujours vous offrir une courgette privée.

Création
Si on enlève ah ! et oh ! ou même seulement a et o dans création, il reste seulement c.r.é.t.i.n.

Crétin
Les crétins ont souvent peur de passer pour des imbéciles auprès des idiots.

Cri des animaux
Le chat miaule,
La vache meugle,
Le chameau blatère,
Le couloir bruit.

Cric
Si vous offrez un cric à un paon, il vous fera la roue.

Crimosoft
Fabricant de logiciels, tueur de concurrents, souvent condamné, en liberté sous caution. Réputé pour sa sensibilité cependant. Sa sensibilité aux virus et aux pannes informatiques.

Croissant beur
Arabe musulman prenant son petit-déjeuner en France.

Croix
Ce n'est pas le Marquis de Sade qui a choisi un instrument de torture pour emblème de la religion catholique.

Cruauté
Il est cruel de demander une obéissance aveugle à un sourd.

Cruci-fiction
Pâques croyables !

Cruz hi-fi
Crucifix espagnol haute-fidélité.

Cuisinier, cuisinière
On voit moins souvent des hommes à poêle que des femmes à poêle.

Cuisse
Partie du corps situé entre les genoux et les fesses, et dont l'écartement chez la femme provoque une élongation locale chez l'homme.

Cul
Partie du corps qui prend beaucoup de place dans la tête.

Cul sec
Se dit des sensations éprouvées par une femme qui n'a pas envie de boire un verre d'un seul coup avec un dragueur inconnu.

Culture et ophtalmologie
Les ivoiriens n'auront jamais le regard persan.

Cumulonimbus
Quand un monsieur propose à une dame un cumulonimbus, c'est peut-être qu'il est dans les nuages, ou alors qu'il con – fond avec le mot suivant :

Cunnilingus
Vous ne savez pas ce que ça veut dire ? Alors, vous n'avez qu'à donner votre langue aux chattes.

Cupidon
Pour Cupidon, un cœur solitaire, c'est un cœur sans cible.

Cyclope
De cycle, et clope. On appelle cyclope les personnes qui fument à vélo.
Selon d'autres sources, on désigne ainsi les personnes qui fument six cigarettes par jour.

Cyprès
Arbre qu'il est bienvenu de planter dans les cimetières. Cyprès de toi Mon Dieu.

D

D
Jamais un coup de D n'abolira le hasar.

Salavador Dali avait un frère. Un frère boxeur. Aussi connu que lui, sinon plus. Une légende de la boxe mondiale. Et il s'appelait Mohamed : Mohamed Dali.

Dame pipi
Au masculin, se traduit par :
DIRECTEUR DE CABINET.

Dantiste
Spécialiste de Dante.
« La petite Béatrice n'aime pas aller chez le dantiste. Elle fait toujours la divine comédie pour y aller. »

Dauphin
Les dauphins sont des animaux délicieux et qui fréquentent le beau monde. Une couche de dauphins, une couche de gruyère, passez au four. C'est ça le gratin dauphinois.

Debout
Si vous n'arrivez pas à joindre les debouts, avant de vous plaindre, demandez-vous si vous n'êtes pas bêtement resté couché.

Décapitation
On appliquait en France la peine capitale par décapitation. Pourquoi ? Pour le plaisir de faire un bon mot. C'est l'esprit français, assez acéré.

Décédé
Vous avez beau être quelqu'un de décidé, une simple faute de frappe et vous voilà décédé.

Décharge
Prenez un dépôt d'ordures, signez-le. C'est ce qu'on appelle signer une décharge.

Déchirement
Violente souffrance morale causée par un accroc sur un habit neuf.

Décroissance
Pour commencer la transition écologique dès le matin, penser décroissant au petit-déjeuner.

Défunts
On les honore et ils sont tous pourris.

Dégradante
Avant, la publicité présentait souvent une image dégradante de la femme. Grâce aux acquis du féminisme, elle présente aussi, désormais, une image dégradante de l'homme.

Demi démesure
À ne pas confondre avec la demi-mesure, la demi démesure caractérise les mégalomanes qui doutent d'eux.

Démocraties populaires
Les démocraties populaires ont été à la démocratie et au peuple ce que le libéralisme est aujourd'hui à la liberté.

Serrer les dents (quand on est dans la typographie, qu'on a des soucis mais qu'on tient bon.)

Deo
In excelsis Deo. Dans la messe en latin, « Pour la plus grande gloire de Dieu ». Attention, dans cette expression, Deo n'est pas l'abréviation de Déodorant, sauf si vous travaillez dans la pub, parce que vous le valez bien.

Deorr aabeéhilpqtu
Le deorr aabeéhilpqtu, c'est l'ordre alphabétique appliqué à lui-même. Pas de favoritisme.

Dé-penser
Arrêter de penser pour acheter quelque chose de pas raisonnable.

Dépressif
Un dépressif devrait pouvoir être câliné, dorloté, débarrassé de tout souci, bref, aimé. Tout cela gratuitement, avec dévouement. Mais ce n'est pas possible. Ce serait trop facile de se faire dépressif. Et les dépressifs le savent bien. Alors, ils dépriment.

Déprime
Quand un livre n'est pas intéressant, on le laisse tomber. Quand notre vie n'est pas intéressante, on ne va pas se suicider pour si peu. Alors on se contente d'une petite déprime en attendant.

Déréglementation
Aucune **réglementation tatillonne** ne doit entraver et fausser la **libre concurrence** entre (par exemple) un paysan indien et une multinationale.

Désordinateur
Appareil ressemblant très fort à un ordinateur. En fait, c'est le même objet, juste après un plantage.

Détergent
Produit pour exhumer les cadavres (on écrit aussi : déterre-gens).

Deux
Somme de deux unités vouées à un éternel tête à tête arithmétique.

« Deviens ce que tu es »
Exemple scandaleux de contrefaçon et d'atteinte à la propriété privée, que ce slogan des polos Lacoste que Nietzsche a utilisé sans vergogne dans un de ses ouvrages, en en trahissant le sens.

Devise
Aux parisiens qui manifestaient en 1789 en réclamant : « Du pain ! », les partisans de la République ont proposé cette devise à graver au fronton des bâtiments publics : Pain, Sandwiches, Salades composées. Finalement, on a adopté : Liberté, Égalité, Fraternité.

Diaphragme
Muscle très large, mince et poétique, qui sert à l'Inspiration.

Dictionnaire
Roman, par définitions.

Différent
Personne ne même.

Dimanche
Jour où l'on s'arrête de travailler, pour troquer ses soucis ordinaires contre un peu d'angoisse existentielle.

Discours médical
Et patati, hépatite A.

Discréditer
De discret et éditer. Édition confidentielle d'un texte où l'auteur et l'éditeur se calomnient dans l'intimité.

Dispute
Action opposant deux personnes dont chacune peut désirer dominer l'autre, à moins de l'aimer.

Dissimulation
La femme sous sa burqa, le jeune de banlieue sous sa capuche, le dirigeant dans sa limousine aux vitres teintées : qu'est-ce qu'ils ont tous à se cacher ?

Djihad
Les islamistes ont le djihad, les américains les G.I. Phonétiquement, ils sont faits pour s'entendre.

Doigt
Indique ce qu'il faut faire : je doigt, tu doigt, il doigt...

Domestique
Être humain apprivoisé.

Don Juan
Un Don Juan est un homme qui court plusieurs lèvres à la fois.

Don Juan et Casanova
Autrement dit : *Monsieur Jean*, et *Maisonneuve*. La version française est glamour, n'est-ce pas ?

Ça se pratique couramment dans les compétitions de shampooing.

Dormir
La nuit n'a pas d'œil, alors je n'ai pas pu fermer l'œil de la nuit.

Droit à la différence
Droit que s'attribue un groupe de ne pas tolérer les différences individuelles d'une personne.

Dubaï
Goulag où l'on déporte les fashion victims.

Duplicité
« Et maintenant, une page de duplicité. »
Phrase conventionnelle pour annoncer un message commercial.

Dysenterie
30 millions d'amibes.

Dysorthographie
Drame de la dysorthographie: il voulait manger une omelette aux girolles, et il s'est étouffé avec, car au lieu de girolles, il a mis des gorilles.

E
Lettre très performante, la plus employée dans la langue française. Mais il lui arrive parfois de douter : Euh ?

Échec
Un échec n'est vraiment réussi que si on ne le surmonte pas.

Économie libérale
Dans une économie libérale idéale, les emplois sont précaires et les placements sûrs.

Économies
Quand on vit dans une cave, c'est plus facile de faire des économies, parce que c'est plus difficile de jeter l'argent par les fenêtres.

Écouter
Être capable de laisser parler quelqu'un, de réfléchir posément à ce qu'il a dit, avec l'intention de lui répondre, à ce qu'il a dit. Au lieu de guetter un silence dans ses paroles en préparant ce qu'on a, soi, envie de dire de toute façon.
Antonyme : débat télévisé.

Écriture

La pensée écrite sur le papier, en sortant de la tête, crée un appel d'air dans le cerveau et permet d'y loger une idée nouvelle.

Écrivain
Drôle d'oiseau avec deux pattes et une plume.

Écrivain
Il y en a qui en font des tonnes,
d'autres seulement des kilos. Ou bien des livres.

Édition
On peut dire d'un éditeur qui ne sort que des livres faciles à vendre, biographies de stars et recettes de cuisine, qu'il fait des éditions à courage limité.

Ego
Tous les hommes sont ego.

Égoïsme
Défaut épouvantable. Surtout chez les autres.

Éjaculation
Peu de gens se souviennent de la formidable accélération qu'ils ont connue à ce moment de leur conception.

Élections
Aujourd'hui, voter à droite ou à gauche, c'est avoir le choix entre le supermarché sur le trottoir de droite, ou sur le trottoir de gauche.

Électricien
De toutes les matières, c'est les watts qu'il préfère.

Éléphant
L'existence de l'éléphant n'implique pas l'inexistence de la girafe. Et les faons ? J'y raffe !

Éléphantaupe
L'éléphanteau est le petit de l'éléphant et de l'éléphante. L'éléphantaupe, plus rare, est le petit de l'éléphant et de la taupe.

Éloge funèbre

Il faudrait pouvoir lire leur éloge funèbre aux suicidés, pour leur remonter le moral.

Embarras et gros bisou
Si je t'embrasse avec une faute de frappe, je t'embarrasse.

Émir arable
Arabe cultivé.

Empire
Sous Napoléon, l'état de la France a Empiré.

Emploi du temps
Si vous avez un emploi du temps trop chargé, rappelez-vous que le temps peut ne pas être qu'employé. Il peut aussi être *vécu*.

Enchères et en os
Marché aux esclaves se tenant dans une salle des ventes.

Encre

Si vous avez encOre besoin d'encre, enlevez l'O.

Enfance
- ◊ Période de souffrance dont il est difficile de faire son deuil.
- ◊ Ou : période d'amour immense dont on est contraint de sortir pour aller voir ailleurs.
- ◊ Ou : un peu les deux. Mais on met toute sa vie à se remettre de son enfance.

Enfer
Là où le **propriétaire** du Paradis **expulse** les pauvres pécheurs qui n'ont pas **capitalisé** assez de bonnes **actions** dans leur vie.

Enlasser
S'enlasser. Quand on s'enlace mais qu'on ne s'aime plus vraiment.

Entrées froides
- ◊ Carottes râpées, charcuterie…
- ◊ Vestibule non chauffé….

Énurésie
Pour soigner le pipi au lit, pensez à la psychanalyse d'urine.

Éphéméride
Tous les jours, il me donne un coup de vieux : c'est l'effet mes rides.

Épisserie
Quand on veut aller pisser, on va à l'épisserie.

Épluchure
Symbole du désabusement : « L'épluchure de rien, de nos jours. »

Espire
L'espire, néologisme cousin germain de l'espoir : quand on souhaite que les choses deviennent pires.

Érection, piège à con.

Érection
On dévoile un monument juste après son érection, en présence des membres virils du gouvernement.

Érection d'un monument
Exemple : le David de Michel-Ange en train de bander.

Eschatologie
- Théorie des fins dernières de l'homme (Dictionnaire Robert).
- Ne pas confondre avec *ehscatologie* : *eh*, pourquoi on s'emmerde, pourquoi on se fait chier.

Escroc
Un docteur ès Croc : se dit d'un chirurgien-dentiste indélicat.

Estimer
Les commissaires-priseurs peuvent estimer même les peintures qu'ils n'estiment pas. On les appelle dans ce cas des commissaires-*mépriseurs*.

États-Unis

Pays des Droits de l'Homme. Plus spécialement des Droits de l'Homme Riche et en Bonne Santé.

Être humain
Expression désuète. En langage libéral moderne, on dit une ressource humaine.

Évitation

CARTON D'ÉVITATION : SE DISTRIBUE AUX PERSONNES QUE L'ON VEUT ÉVITER.

Exclusion
Version capitaliste, et individualisée, du goulag.

Exécution capitale
Une des formes du meurtre avec préméditation.

Exemplarité
L'exemplarité de la peine de mort est évidente : elle montre aux assassins que la société peut se mettre à leur niveau. Et que le respect de la vie n'est pas un impératif aussi absolu qu'on le dit.

Exhibitionnisme
1 – Se pratique avec un trottoir d'école et un imperméable grand ouvert sur des organes génitaux.
2 – Se pratique avec une émission de variétés et un sourire grand ouvert sur des organes buccaux.

Existence de Dieu

On n'a jamais pu prouver l'existence de Dieu, alors qu'on peut facilement démontrer celle de Mickey.

Expérer
De espérer et exaspérer : attendre en commençant à s'énerver.

Expérience

L'expérience permet de ne jamais refaire une erreur de la même manière.

Expression
C'est quand on s'exprime avec ses tripes qu'on fait de la merde.

F
Quand on casse les pieds aux EEEEE, ça fait FFFFF...

Fachiste
Se dit de quelqu'un qui est toujours fâché. À ne pas confondre avec nazi, diminutif de naze.

Facture
Un tableau bâclé d'un artiste connu se négocie bien plus cher qu'une belle œuvre d'un inconnu. La facture d'un tableau n'a rien à voir avec son prix.

La faillite, c'est quand, entre votre chiffre d'affaires et votre bénéfice, il y a une **incomptabilité** d'humeur.

Faisible
De « faisable » et « fusible » : quelque chose qu'on peut faire à la rigueur, au risque de péter un plomb.

Fa(m)ille
Enlevez *m* dans fa*m*ille, il reste de quoi écrire le mot *faille*. Enlevez *aime* ?

Fantasme
Soupape que fait chuchoter la cocotte-minute de notre inconscient.

Fashion victim
Dans la sympathique expression « *fashion victim* », il y a quand même plus de *victim* que de *fashion*.

Version américaine de la soupe populaire, mais jeune et rentable.

Fastidieux
On peut aimer le luxe mais qui peut aimer ce qui est
faste idiot ?

Faucille et marteau

Fossile et marteau
À la fin de l'URSS, les dirigeants étaient de vieux fossiles complètement marteau.

Faux cils et McDo
Emblème des communistes après l'ouverture au capitalisme.

Fauto
De faute et photo. Pour désigner une photo ratée.

Femmage
Néologisme féministe : féminin de hommage.

Femme
Personne souvent avec un haut et des bas.

Femme fœtale
Celle qui expulse son petit locataire vers l'état-civil.

Férié : jour férié : jour où on férien.

Fertile
Quel temps va **faire t-il** demain ?
(Question optimiste pour jardinier ou agriculteur)

Fête des pères
Offrir un smartphone ; ou une eau de toilette ; ou le parrainage d'un enfant du bout du monde.

Fiable
« Fiable » n'est pas un mot très sûr. Il suffit d'un souffle et voilà que bouge « i » et « fiable » devient « faible »

Fiche
NSA, Facebook, Google : le respect de la vie privée on s'en FICHE.

Fesses
On peut vivre avec un seul rein, pas avec une seule fesse. Pensez à effectuer un contrôle visuel régulier de l'état de vos fesses.

Fidèles
Les fidèles clients de la religion du commerce sont pour l'ouverture des supermarchés le dimanche.

Fignezure
Le sens de ce mot, vous ne voyez pas ? ça se voit pourtant comme le nez au milieu de la figure.

Fil à couper le Beur
En Arabie Saoudite, on réfléchit à l'opportunité de remplacer la décapitation au sabre par le fil à couper le Beur.

Fauteuil - couveuse
Éditeurs, critiques, professionnels de la lecture, lire ne sera plus jamais pour vous une perte de temps. Grâce à notre fauteuil-couveuse, chaque fois qu'un auteur pond un nouveau livre, vite : installez-vous confortablement, et laissez faire la nature : au fil des pages, laissez vos pensées éclore, et les poussins suivent. Recommandé pour tous les métiers de plume.

Fièvre acheteuse
S'attrape à l'occasion d'un passage avide.

Film
Je suis allé voir un film. Il y avait des longueurs et ce n'était pas passionnant. C'était au supermarché, au rayon des films plastiques étirables.

Fleur
Végétal poétique, aux maigres propriétés nutritives, tout comme la poésie.

Flexibilité
Les gens doivent bien accepter la flexibilité dans leur travail. Parce que le capital, lui, est inflexible.

Fondue enchaînée
Sorte de fondue bourguignonne ou savoyarde, à la fois sado-maso (le côté chaînes) et cinématographique (fondu enchaîné).

Foule
Mot obscène signifiant qu'une personne n'est pas toujours considérée comme unique.

Fourchette
Quand une fourchette grandit, il lui pousse plein de nouvelles dents, son manche tombe, et elle devient peigne.

Foyer
Là où on se réchauffe, où parfois ça chauffe, et où on se consume.

Fric
Rime riche avec *Afrique*. A noter que si on met le préfixe privatif « *a* » devant « fric », on obtient le mot « afric ». Où va l'argent ?

Frigidaire
Appareil électroménager à la vie sexuelle pauvre.

Freudaines
On raconte des freudaines à son psychanalyste.

Freudonner
On chantonne chez son psychanalyste.

Le ver est dans le fruit.

Fuite
Problème de plomberie au Caire : la fuite en Egypte.

Fun
Abréviation de Funéraire.

Futur
Le futur sera comme l'an 2000 : un jour, il deviendra du passé.

Futur imparfait
Faute de grammaire du destin.

G

G
Lettre de l'avoir : moi, G…

Galaxiste
Galaxie qui se laisse aller.

Galette bretonne
Femelle du galet breton, en plus tendre.

Garagiste
Individu un peu sorcier, auquel on est amené malgré soi à faire des offrandes importantes pour qu'il se livre à des actions mystérieuses dissimulé derrière un capot.

Garde du corps
(illustration non contractuelle)

Gauguin
Peintre majeur du XIXe siècle, universellement connu pour avoir renouvelé l'iconographie des boîtes de biscuits de Pont-Aven.

Gaz
Le gaz de pet est un gaz naturel. Raréfaction des ressources, crise de l'énergie : donnez votre pet !

Gazouillis
Bruit produit par une fuite de gaz sans gravité.

Géant gênant
Quelqu'un de gênant, s'il est sans n, il pourrait devenir géant, sauf qu'il a un accent circonspect.

Gênant
Mourir, ça peut carrément être gênant pour les autres. Une grand-mère qui meurt, ça peut foutre des vacances en l'air.

Généralités
Les généralités, souvent, ne veulent pas dire grand chose. Cela dit, il ne faut pas généraliser.

Générosité
Il est savoureux de s'offrir le bonheur de donner du plaisir à quelqu'un, puis de se pourlécher de sa gratitude.

Génétique
Miracle de la science : on peut même prélever l'ADN sur des personnes sans gêne.

Genre
Contre les vieux déterminismes de genre, apprenons aux enfants à cesser de dire « papa » ou « maman ». Qu'ils disent plutôt « parent 1 », ou « parent 2 ».

Gens importants
Il existe plein de gens importants dans le domaine des arts, de la politique, du spectacle, qui n'ont aucune importance ni pour vous, ni pour moi personnellement.

Gotha laitier
Élite des vaches européennes, qui mieux que du lait, font du quota laitier.

Goulag
Il existe deux versions capitalistes du goulag : le tiers-monde ; le quart-monde. Les gens n'y sont pas envoyés : ils y sont, ils y restent. Dans ce type de goulag, la contrainte économique remplace efficacement la contrainte policière. Cette dernière n'intervient que pour ceux qui tentent de s'évader, dans le cas du tiers-monde, par la voie de l'immigration.

Gourmet
Quand on a l'estomac dans les talents.

Goutte d'eau
La moindre goutte d'eau reflète avec une exhaustive finesse d'infinies, vibrantes, éphémères, ductiles nuances du monde visible. TOUT LE MONDE S'EN FOUT.

Grand Architecte de l'Univers
Si les doigts sont pile poil de la taille des trous de nez, c'est bien la preuve qu'il y a un **Grand Architecte de l'Univers**.

Grande personne
Un enfant est devenue une grande personne quand, on lieu d'avoir des billes dans les mains, il a des boulets aux pieds.

Grands patrons
Les grands patrons qui planquent leur argent dans les paradis fiscaux sont finalement de grands enfants, ils ont besoin de jouer à cache cash.

Grands textes
La civilisation chrétienne a produit la Bible, la civilisation islamique le Coran, la civilisation hindoue la Baghavad Gîta, aujourd'hui nous avons Facebook, Google, YouTube et bien d'autres sources de sagesse.

Greffier
Ne vous sera d'aucun secours pour une greffe du cœur.

Grill de lecture
Version au masculin de la grille de lecture, le grill de lecture est une action de critique littéraire consistant à mettre en tas les livres qu'on n'aime pas pour y mettre le feu.

Guéguerre
Si on n'autorisait la carrière militaire qu'aux bègues, peut-être qu'à la place de guerres, on n'aurait que des guéguerres.

Guère épais
Paradoxalement, cela peut se dire d'un gros roman russe. On écrit aussi : Guerre et paix.

Guernikea
Mot valise servant de leçon d'histoire : guerre civile → massacre de Guernica → peinture de Picasso → poster → en vente chez Ikea. Cinquante ans plus tard, le témoignage indigné du massacre décore la salle à manger.

Guerre
La guerre, c'est le pet dans le monde.

Guerre civile
S'entre-tuer entre voisins pour donner un sens à sa vie.

Guerre,
et Paix.
(Haïku, par Tolstoï)

Guerre préventive
La différence entre une guerre préventive et un attentat terroriste, c'est la différence entre un tenant du titre et un challenger.

Guillotin
Le Dr Guillotin a inventé la guillotine. Il aurait mieux fait de s'appeler Tartin, et d'inventer la tartine.

Guillotine
Les condamnés à la peine capitale sont divisés au sujet de l'usage de la guillotine. Surtout après.

H
Lettre qu'on trouve dans : rugby.
Mais seulement quand on regarde le match.

Haine
Comme N vient après M dans l'alphabet, haine vient parfois après aime dans la vie.

Haltères
Si vous voulez faire un peu de gym avec des haltères et que vous n'en avez pas sous la main, prenez des cotons-tiges : ça a à peu près la même forme, en plus petit. En revanche, comme c'est aussi plus léger, vous devrez exécuter plus de mouvements. Attention : l'inverse n'est pas vrai. En aucun cas, n'utilisez des haltères pour vous nettoyer les oreilles.

Hammam
Le hammam, c'est un truc bien. En verlan, on dit, c'est un bain turc.

Haschich parmentier
Il y a plus de H dans un haschich parmentier que dans un hachis parmentier.

Hebdo-fessiers
Journal de cul qu'on trouve dans les salles de sports.

Hématome pacifique
Quand on s'est fait mal, mais sans le faire exprès.

Héritage
Les générations précédentes nous ont laissé des châteaux, des cathédrales... Nous, nous laisserons à nos descendants des centrales nucléaires à démanteler.

Hêtre humain
Voir : arbre généalogique.

Heure d'été, heure d'hiver
Pour en finir avec cette question du changement d'heure : alignons-nous une bonne fois pour toute sur l'heure de New York. Et puis ce sera plus pratique pour la mondialisation.

Heure de pointe
Le moment où tout le monde s'étreint sans que personne n'ait rien à se dire.

Heure du thé
Il ne faut pas confondre « C'est pas l'heure du thé » et « C'est l'heure du pâté. » Surtout en compagnie d'un végétarien.

Hiver
Pour passer l'hiver, enlevez-lui son V. Un hiver sans V, c'est hier.

Hommage collatéral

Ci-dessus : sur une scène de guerre, journalistes embarqués dans le cadre d'une opération d'hommage collatéral à l'action des forces armées.
Attention : ne pas confondre avec le *dommage collatéral*.

(Hommage collatéral : 2ᵉ acception)
Quand on félicite quelqu'un et que son voisin en profite.

Hommage et intérêts
Quand on félicite quelqu'un parce qu'on a quelque chose à tirer de lui.

Homme à poigne
Celui qui sait branler les foules.

Homme de terre à l'eau
Paysan se baignant.

Homme de terre vapeur
Paysan au hammam.

HOMO PUBLICITERUS
Nom savant du Publicitaire. Hominien qui, dans la longue histoire de l'évolution, ne communique plus avec ses semblables qu'en s'adressant à son cerveau reptilien.

Horloger
Métier contraignant quand on n'a pas une minute à soi.

Horreur
L'horreur est humaine.

Hors sujet
Voir à : sujet en or.

Huile
On appelle familièrement des huiles les gens importants. On les désigne ainsi parce qu'ils sont pressés.

Humiliation
Vilaine petite tache sur l'amour-propre.

Humilité
Forme noble de la modestie. En fait, c'est quand même un peu prétentieux de faire des phrases sur l'humilité.

Humour noir
Le côté obscur de la farce.

Hygiène dentaire
Sur chaque tube de dentifrice, est inscrit :
« lire la notice avant utilisation ».
Quand on se lave les dents matin et soir, c'est fastidieux de relire cette notice à chaque fois.

I

i

Il faut beaucoup de doigté pour mettre les poings sur les i quand on ne peut pas taper du point sur la table.

Idéal
L'idéal, c'est quand un idéal ne nous empêche pas de bien vivre le réel, en attendant.

Idée cadeau pas chère
Dîtes à quelqu'un que vous aimez : « *tu passes une journée sans rien foutre, et je prends en charge ton sentiment de culpabilité.* »

Idée cadeau vraiment pas chère
Offrir une minute de silence.

Idées noires
Montrer de la constance dans la déprime, c'est témoigner qu'on a vraiment de la *suie* dans les idées.

Identification
Quand on met de l'insecticide dans une pièce où se tient une assemblée, c'est facile après de reconnaître qui sont les gens, qui sont les insectes, parce que seuls les insectes sont morts.

iiiiii ndvsblté
Le mot indivisibilité, finalement, si on le divise avec les i d'un côté, et les autres lettres d'un autre, n'est plus très crédible.

Immaculée Conception
Ce dogme ne signifie pas que toutes les mères sont maculées, sauf une. Œcuménique ta mère.

Illettrisme
Beaucoup de nos dirigeants politiques et économiques sont illettrés. Ils ne connaissent pas le nom des fleurs, ni pourquoi, ni comment elles vivent. Voilà pourquoi ils gouvernent si mal.

Impatience
Hâte de passer à...
(Voir ci-dessous)

Impatience
Hâte de passer à...
(Voir ci-dessous)

Impatience
Hâte de passer à...
(Voir ci-dessous)

Impatience
Hâte de passer à...
(Voir ci-dessous)

Impatience
Hâte de passer à...
(Voir ci-dessous)

Impatience
Hâte de passer à...
(Voir ci-dessous)

Impatience
Hâte de passer à...
(Voir page suivante)

RÉCLAMES

OSEZ LA FANTAISIE
LANTERNES TOUS MODÈLES POUR VOITURES

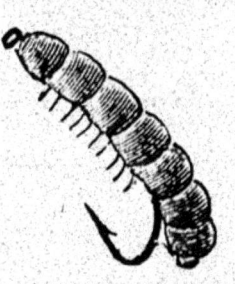

18-905. Lanterne pʳ voiture, porte-bougie à vis, réflecteur cuivre, diam. 150 m/m, douille 38 m/m, pᵈˢ 1 kg 200. *La paire*........ **32.** »
18-907. Même modèle, plus soigné, diam. 130 m/m, verre à étoile. *La paire*.. **37.** »

18-910. Lanterne pour voiture, porte-bougie cuivre à vis, réflecteur nickelé, verre de face et verre latéral biseautés, hauteur 42 c/m, diamètre 130 m/m, poids 1 kg. 700. *La paire*........ **55.** »

18-915. Lanterne pour voiture, porte-bougie nickelé, à vis, réflecteur nickelé, verre de face et verre latéral biseautés, haut. 45 c/m, diam. 140 m/m, prof. 135 m/m, douille 38 m/m, pᵈˢ 2 kg. 500. *La paire*........ **75.** »

18-935. Lanterne pʳ voiture, porte-bougie à vis, verre de face biseauté, dim. 13×11 c/m, douille 36 m/m, poids 1 kg. 400. *La paire*. **45.** »
18-937. Même modèle, plus soigné, dim. 11×10 c/m, douille de 38 m/m, poids 1 kg. 700. *La paire*. **62.** »

18-940. Lanterne pour voiture, porte-bougie nickelé à vis, réflecteur plaqué argent, verres biseautés, chapiteau rond dessus nickelé, dim. 125×90 m/m, douille 38 m/m, haut. 45 c/m, poids 2 kgs. *La paire*... **72.** »

LANTERNES A HUILE ET A ACÉTYLÈNE POUR CAMIONS

18-1010. Lanterne à huile pour camions, tôle émaillée noire, réflecteur intérieur, double lampe, hautʳ totˡᵉ 20 c/m, dim. 11×10 c/m, poids 700 grs. Bon modèle. *Prix*.... **8.50**

18-1015. Lanterne à huile, corps émaillé noir, réflecteur intérieur double, verre loupe à l'avant, hautʳ 20 c/m, dim. 115×125 m/m, poids 900 grammes. *Prix*.............. **15.** »

18-1020. Lanterne à huile, émaillée noire, verre bombé à l'avant, dimensions 135×115 m/m, hauteur 27 c/m, poids 1 kilog. Modèle robuste. *Prix*.... **22.** »

18-1030. Lanterne à acétylène, émail noir, lampe cuivre, réflecteur et lunette polis, verre loupe, dimensions 14×11×10 c/m, poids 1 kg. *Prix*... **28.** »

Impatience
Hâte de passer à…
(Voir page suivante)

Impatience

Hâte de passer à…
(Voir page suivante)

Impatience
Hâte de passer à l'impatience suivante.

Impotence
L'impotence n'est pas le contraire de la potence.

Impuissance
Qui ramollit
Rame au lit

Inant
Quand on écrit insouciant vraiment sans souci.

Incertitude
Dans toute incertitude, il y a une petite certitude rassurante qui sommeille : celle de ne vraiment pas avoir de certitude.

Incident
Petit incendie dyslexique.

Incontinent
Empereur mégalomane qui ne peut pas plus se retenir de pisser que d'envahir le continent voisin.

Indifférence
L'indifférence des poissons dans un aquarium ne procède pas d'une attitude moqueuse à l'encontre de la condition humaine.

Indignatorial
Éditorial spécialisé dans le commentaire indigné de l'actualité

Cet appareil à indignatorial convient parfaitement pour reproduire les clichés de toutes sortes : politiques, sociaux, culturels et autres.

Individualisme
Chaque jour, des millions d'individualistes manifestent ensemble dans les embouteillages contre les transports en commun.

INÉBRANLABLE
Ne se dit pas de quelqu'un qui n'en a rien à branler.

Infamie
Le fait qu'on dise hommage et, à l'opposé, infemmie (ou infamie ?) est une preuve incontestable du sexisme de la langue française.

Informatique
Un *moniteur* devant les yeux, une *souris* sous la main, des histoires de *bits*...

Inndatin
Inondation, après le retrait des o.

Insecte
Ou in-secte. Qui n'est pas une secte. Par exemple : une religion.

Insecticide involontaire
Cf. homicide involontaire. En moins grave. Par exemple, tuer un moustique en le percutant avec son pare-brise sur l'autoroute.

Insecticide
Produit inefficace pour prévenir le suicide collectif des membres d'une secte.

Insomnie
Quand les mailles du cerveau s'accrochent aux épines du réel.

Inspiration

Un artiste expire quand il n'a plus d'inspiration.

Intégration
Quand un beur a réussi, il devient une huile.

Intégrisme
L'intégrisme est à la religion ce que le vinaigre est au vin de messe, l'overdose à l'opium du peuple.

Intellectualisme

Se servir de l'intelligence d'intellectuels pour dire des bêtises.

Inventeurs
On connaît le nom de l'inventeur de la Kalachnikov, mais pas celui de l'inventeur du lave-linge. Même dans les pays où le lave-linge est d'un usage plus courant que la Kalachnikov.

Inversoin
De soin, et inversion. Quand le remède est pire que le mal.

Ire
Forme littéraire de la colère. Il suffit d'un petit **r** de rien du tout devant, et l'ire fait rire.

Ironie
Petite ire, sœur cadette et raffinée de la colère.

J

J
Lettre résolument optimiste : J crois, J cours, J vole…

J'accuzzi
Célèbre article de Zola pour exiger la révision du procès de l'inventeur du bain moussant.

Jalousie
Sentiment qui ajoute une touche d'inélégance à une infériorité.

Jambon
Grâce à la technologie moderne, le jambon sans violence. Plus besoin de tuer le cochon : il suffit de photocopier en couleur la tranche de jambon.

Jardin secret
Si on ne le cultive pas, il devient terrain vague, à l'âme.

Jarretelle Molotov
Cocktail explosif pour incendier les mâles.

Jeanne Calment
Record d'insomnie : plus de 122 ans avant de trouver le sommeil éternel !

Jésus
Une idée pour Noël : Jésus en dessin animé. Jésus, Le nouvel héros de Walt Disney.

Jésus revient
…Dans un instant.

Jet de pierre
(Prononcer jet de pierre comme dans jet-set) Appareil supersonique de luxe en pierres de taille.

Jeux d'enfants

Le Tourniquet

Grâce à cet amusant tourniquet en forme de hachoir à viande, les petites filles tout autant que les petits garçons peuvent exprimer sans danger leurs envies de meurtre.

L'accessoire qui va si bien avec la Petit Poupée Parisienne : le canon de 75.

Jeunes
Les jeunes d'aujourd'hui sont les vieux de demain. Mais en attendant, à notre époque on est jeune de plus en plus vieux.

Jolie momie
Passé un certain âge, c'est ainsi qu'on appelle une jolie môme.

José Bovidé
Se dit d'un bœuf militant contre la malbouffe.

Journal de 20h
Quand on est journaliste de télévision, il est bon de faire suivre, par exemple, une vilaine guerre civile par une jolie naissance dans un zoo, afin de respecter l'objectivité de l'information.

Jury populaire
Quand un jury populaire hésite sur la condamnation à prononcer, il peut recourir à une comptine pour faire son choix entre les différentes peines possibles : *(à relire à haute voix en chantonnant)*

« Arme, larme, drame,
Flic et flic et code pénal
Bourreau, bourreau, rate un drame,
Arme, larme, drame, couic… »

Le Passage à la Casserole

Les petites filles aiment bien se battre elle aussi, et mordre. Elles trouveront facilement l'usage dans leur dînette de cette grande marmite imitée de celle des cannibales.

Jusqu'au bouddhiste
Bouddhiste extrémiste.

K

K
Lettre exceptionnelle pour les uns : un K exceptionnel. Lettre banale pour les autres : un K banal. En fait, dès qu'on a deux K, c'est la merde.

Kangourou
Animal sauteur qui a donné son nom à un genre de slip d'homme.

Kant
Dans la vie, il faut être philosophe. Avoir un certain Kant à soi.

Képi
Chapeau rigolo en forme de casserole renversée, utilisé pour les parades dans la police et dans l'armée.

KIRSCH
Avec le kirsch, eau-de-vie de cerises, on fait de très bons gâteaux. D'où l'expression « la cirrhose sur le gâteau ».

L

L
Sur terre, on a surtout besoin d'R. Mais dans le ciel, là, on a besoin d'L.

L, E, V, D, E, F, G, H, I, J, K, L, M, N, O, P, Q, R, S, T, U, V, W, X, Y, Z.
Alphabet qui ne veut pas commencer par s'a, b c.

Labyrinthe
Le test du labyrinthe que l'on fait passer aux rats de laboratoire a permis de concevoir le parcours optimal d'un client dans un centre commercial au moment des fêtes.

Lâcheté
Est-ce que c'est courageux d'avouer qu'on est lâche ?

Laiterie
Dans une laiterie, il y a deux i, mais est-ce qu'on peut faire son beurre à la lettre i ?

Langage des automobilistes
Un gros 4X4 noir aux vitres fumées n'exprime pas l'amour du propriétaire pour son prochain à pied ou à vélo.

Langage des sourds-muets
Ne pas se méprendre : quand un sourd-muet met la main aux fesses d'une dame, c'est simplement pour lui proposer de s'asseoir.

Lassitude
Escargot sensible mais atteint d'arthrose, tentant en vain de dépasser une obtuse et poisseuse limace dans le goudron gluant d'une côte, sous un ciel moite.

Lave-aisselle
Petit bidet à hauteur d'épaule.

Lenteur de la justice
Antonyme : exécution sommaire.

Les Trois Moustiquaires
Un roman piquant sur le paludisme.

Lettre
Avec plusieurs lettres, on écrit un mot. Avec plusieurs mots, on écrit une lettre.

Leucémique
Qui a échoué à ses examens de sang.

Lévrisme
Mouvement politique qui s'oppose à la ségrégation entre lèvres inférieures et lèvres supérieures.

Libellule
Insecte avec quatre ailes et autant d'L.

Libéralisme
Système économique fondé sur la liberté, pour les marchandises comme pour les personnes. Avec un peu d'esclavage aussi, mais là, pour les personnes seulement.

LIBÉRALISME, ÉGALITARISME, FRATERNITARISME.
Liberté, égalité, fraternité, c'est pas plus mal.

Libération des mœurs
N'a pas aboli l'esclavage des sens.

Libido
Quand on accouple un lavabo et un bidet, on n'obtient pas une libido.

Licence
1 – Grade universitaire.
2 — Autorisation administrative.
3 — Désordre moral.
L'étudiant de 3e année, avec la permission du Rectorat, partouzait.

Licenciement boursier
Technique de management qui consiste à mettre les gens au chômage pour que l'argent travaille mieux.

Lifting
Le moins cher des lifting, pour rajeunir de 10 ans en quelques secondes sans souffrir, au contraire : un grand sourire.

Ligne
Trait long et fin pour tracer des colonnes régulières dans un tableau. Mais aux mains d'un artiste, lignes et tableau auront tendance à se dévergonder.

Lit
Je lis, tu lis, il lit. Arrivé à lit, parfois, on s'endort.

Loi de la gravité
LOI DE LA GRAVITÉ, LOI SCÉLÉRATE.

- Tu comprends quelque chose à la loi de la gravité ?
- Laisse tomber...

Loi de l'évolution
Si un homme avec une chemise à rayures verticales féconde une femme portant un chemisier à rayures horizontales, ils font un bébé avec une layette à carreaux.

Loi du marché
Dans certains pays, il y a beaucoup de piscines privées. Dans d'autres, il y a pénurie d'eau potable. Preuve que la loi du marché est équitable : parce que l'eau des piscines n'est pas potable de toute façon.

Losange
Figure géométrique à la sexualité controversée (le débat sur le sexe des Losanges, Los Angeles et la Californique…)

LOUIS VUITHON

Après le Téléthon, le Louis-Vuithon, pour financer la recherche de sac à mains sur les Champs-Élysées et venir en aide aux fashion-victims.

Loup-phoque
Animal absurde.

Lourd
Quand on est lourd, est-ce qu'on l'être juste un peu ? Légèrement lourd ?

Love
En verlan, ça fait velo. Clin d'œil pour les pédales.

Low cost
Rime riche pour **Holocauste**.

Lucarne
Dispositif pour contenir le ciel dans un étroit rectangle vertical et oblique.

Lucide
Tueur de petit Lu.

Lucidité
Aveuglement inconscient de lui-même.

Lunettes
Sans mes lunettes, le monde n'est pas net. Mais quand je les remets, à part pour moi, ça ne va pas mieux.

Luxe

Quand on aime la frugalité, le luxe devient la forme la plus embarrassante du mauvais goût.

À lire sur le ton de « Là tout n'est qu'ordre et beauté, luxe calme et volupté » :

« Là tout n'est qu'alarmes et hautes grilles, caméras de surveillance et maîtres chien. »

M
Lettre qu'on prononce avec une profonde inspiration quand on s'est tapé sur les doigts avec un marteau. Essayez : MMM… En langage familier, on peut faire suivre ce son M par le suffixe ERDE.

Mac à dame
Matériau gluant, puis sec et dur, qui colle aux talons de certaines dames sur les trottoirs.

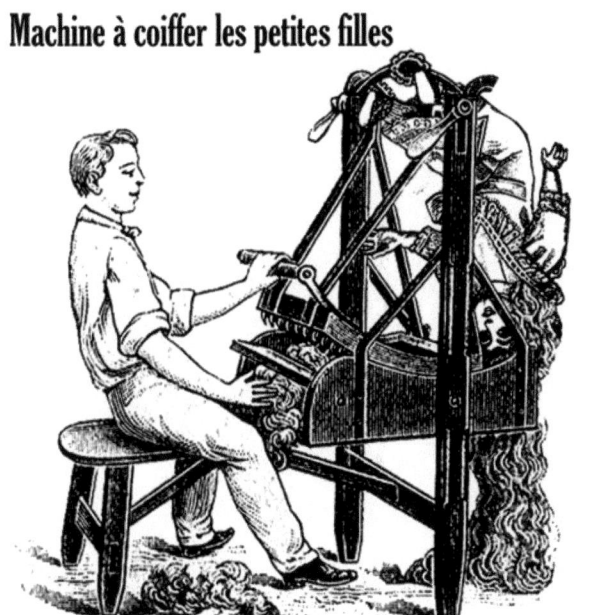

Machine à coiffer les petites filles
Les cheveux les plus longs et les plus emmêlés ne seront plus un souci pour les petites filles coquettes désireuses de tout mettre en œuvre pour plaire à leur maman et à leur papa.

Maçonnerie de téléphone
On n'entend que dalle (de béton).

Maigrir
Bientôt l'été. Pour avoir la ligne, les régimes qui marchent : régime militaire avec une bonne famine sous le beau soleil de l'Afrique. Ou régime ultra-libéral et bidonvilles en Amérique Latine. Ou régime communiste avec culte de grands leaders pour garder la ligne (officielle).

Maillot de pain
À la piscine, utile au boulanger pour mettre ses miches.

Maison close
Édifice de putes.
Quand une maison close est fermée, la fille reste sur le trottoir, et l'homme va au bord d'elle.

Maîtresse
Elle vous fait rire, elle a une bonne présentation. Elle vous fait du charme, votre sexe aussi l'intéresse, elle sait bien lui parler. Et votre ego aussi, elle le flatte avec doigté. Sauf si vous êtes fauché, là elle vous ignore. Et si vous avez des sous, elle ne pense qu'à ça. Même des journaux honnêtes sont obligés, pour vivre, de l'héberger chez eux où elle se livre à son racolage intéressé. Qui c'est ? La publicité.

Mal aux pieds
Le mal aux pieds est un phénomène fâcheux, qui s'explique par le fait que la plupart des chaussures ont besoin de lasser.

Mal de tête
Lame de scie à dents fines qui va et vient sourdement juste derrière la peau du front.

Maladie grave
Tentative de suicide où seul le corps veut mourir.

Mamelouk
Le même look ne fait pas le mamelouk (proverbe mamelouk).

Manipulations génétiques
Pour faire plus sympa, on peut dire « Sciences de la vie ».

Manuscrit
Petite bête timide nichant volontiers dans les tiroirs.

Marchand de couleurs
Avant les marchands de couleurs, il n'y avait que des marchands de noir et blanc.

Marché de l'art contemporain
Comprendre : art contemporain du marché.

Marché de l'air

L'air que je respire ne m'appartient pas, il va, il vient, quand je l'inspire je le transforme, quand je l'expire aussi. Je ne peux pas l'accumuler, le thésauriser, je suis obligé de l'échanger gratuitement avec les autres et avec mon environnement pour ne pas m'intoxiquer. Et si on faisait pareil avec d'autres biens de consommation courante ?

Marina
Pâté de maison pur port.

Masculin / féminin : les faux amis
- Le chic : facilité, aisance, élégance.
- La chique : morceau de tabac à mâcher.

Masochisme (au carré)
Aimer souffrir, mais s'interdire de souffrir par masochisme.

Masturbation
Il existe un mode de masturbation que l'on peut pratiquer en public, en ne choquant personne ou à peine : renversez le coude et disposez votre poignet en revers, en l'approchant à hauteur de la tempe ; dégagez l'auriculaire, enfoncez-le franchement dans le creux de l'oreille et secouez-le vigoureusement. Voilà. C'est fait.

Mater Dolorosa
La Mère de douleur de l'art religieux chrétien se réincarne au XXe siècle dans la Marilyn de Warhol, **Mater Dollarisée**.

MATISSE
LES PAPIERS DÉCOUPÉS DE MATISSE ! ILS ONT PROFONDÉMENT MARQUÉ L'ART DU XXe SIÈCLE ! NOTAMMENT L'ART DE DÉCORER LES ÉCOLES MATERNELLES.

Mausolé !
De Mausolée et Olé ! Monument funéraire pour un matador.

Mausolée nouveau
Chaque année à la Toussaint, on fête le Mausolée nouveau.

Mauvais calcul
Se tuer à la tâche pour gagner sa vie.

Mauvaise humeur

Dans la vie, il y a des choses auxquelles on ne peut pas se soustraire : la maladie, la mort. Et d'autres qu'on peut éviter : la haine, l'envie. Et même, simplement, la mauvaise humeur.

Mauvais goût
Goût du milieu social auquel on n'appartient pas.

McDo

Entreprise qui a su rendre jeune et moderne l'odeur du graillon.

Médecin
Métier où les meilleurs professionnels ont à cœur de supprimer leurs sources de revenus. A contrario, un mauvais médecin peut avoir beaucoup de personnes alitées.

Médecine avec effet secondaire
Si vous souffrez
1/ De fatigue
2/ de pertes de mémoire

Vous pouvez
1/ Oublier
2/ Que vous êtes fatigué.

Médiocre
Quand on est exceptionnellement médiocre, c'est déjà ça. Imaginez le destin d'une personne qui ambitionne de devenir la personne la plus médiocre du monde, et qui y réussit.

Médirtation
De médire, et méditation. La médirtation consiste à méditer sur tout le mal qu'on a envie de dire sur son voisin. À ne pas confondre avec la **merditation**, qui consiste simplement à méditer aux toilettes.

Mégalomanie
Grande, très grande, immense, gigantesque faiblesse qui sape les actions des personnes pourvues d'un talent trop grand pour elles.

Mélancoloc (ou mélancoloque)
Cohabiter mélancoliquement avec quelqu'un

Méli-mélomane mégalomane
Amateur de Grande Musique un peu confuse.

Menhir
Pierre levée, de bonne heure, et depuis très longtemps.

Ménopause
Game ovaire

Menu
Poème alimentaire qui se lit en commençant par la faim.

Messages dans le métro

ATTENTION, DES PUBLICITAIRES SONT À L'ŒUVRE DANS CETTE STATION. VÉRIFIEZ QUE VOS CERVEAUX SONT BIEN DISPONIBLES.

ATTENTIFS, ENSEMBLE : NE LAISSEZ AUCUNE PENSÉE LIBRE OU POÉTIQUE SANS SURVEILLANCE DANS L'ENCEINTE DE CETTE GARE. VEUILLEZ NOUS SIGNALER TOUTE SÉRÉNITÉ SUSPECTE.

Messe, communion et diététique
Ceci est Mon Corps, Ceci est Mon Sang, Ceci est la Garniture de Salade.

Météo, rite
En rentrant dans l'atmosphère chaque soir, dire que le fond de l'air est frais.

Météorologie
Art de prévoir là où tombent les météorites. En consultant la météorologie chaque matin, chacun peut éviter de se faire écraser par la chute d'une météorite.

Métro
Train pour le train-train.

Le métro, on peut dire aussi que c'est un projet de train qui a été enterré.

Meuh
Les vaches sont des animaux très sensibles et que l'émotion mobilise facilement. Elles le disent très bien elles-mêmes :
« ce qui émeut meut. »

Milliardaire
Le luxe, c'est ce qui est rare et précieux. La générosité et le désintéressement sont rares et précieux. Bien des milliardaires sont malheureux de ne pouvoir s'offrir ce luxe-là.

Mi-nable
Qui n'est pas tout à fait nable, mais presque.

Ministère de l'Intérieur
Magistrature suprême de volaille.

Minute de gloire

Il y a de plus en plus de gens qui rêvent de devenir célèbre. Comme ça, vite fait, ni vu ni connu.

Minutes de silence
Mieux que les Boules-Quies : téléchargez des minutes de silence sur internet.

Misère
On fait de très bonnes émissions sur la misère à la télé. Mais que c'est pénible tous ces gens qui font la manche dans le métro.

Mocœur
Être mocœur : se permettre une petite moquerie affectueuse.

Modération
Il faut se garder des excès de modération.

Moderne
Avec les lettres de m o d e r n e, on peut aussi écrire :
on merde.

Modestie
La modestie est une tactique de comportement qui se présente sous la forme d'une tranchée permettant de se mettre à l'abri des claques.

Mondialisation (1)
Un manœuvre sibérien, un banquier de Manhattan, un paysan brésilien, une caissière française, un artisan malien sont tenus d'obéir aux mêmes lois économiques, avec des droits et des devoirs égaux.

Mondialisation (2)
La mondialisation, c'est l'Internationale réussie pour le capitalisme, mais ratée pour le genre humain.

> *C'est la £utte finale ;*
> *€roupons nous et demain*
> *L'Internationale*
> *$era le genre humain.*

Mondialisation (3)
La mondialisation a permis à des centaines de millions de personnes de sortir de la pauvreté à la campagne, pour découvrir la misère en ville.

Monochrome
Beaucoup de peintres à la recherche du dépouillement extrême sont allés jusqu'à composer des tableaux monochromes. Les peintres pointillistes ont, par manque de moyens, peint une infinité de tout petits monochromes très variés, les uns à côté des autres sur une même toile.

Montre molle
Lire l'heure sur une montre molle, c'est dur. Mais c'est pas Dali qui l'a dit, ni lui qui lit l'heure.

Moooooulin
Apporter de l'O à son moulin.

Moquette
Contraction de : moquerie au ras des pâquerettes.

MORT
Avec tous ces gens qui meurent tout le temps, on ne sait toujours pas ce qui se passe après la mort.
L'information circule mal.

Morue
Quand la morue n'a pas l'R, elle fait la moue

MOT
C'EST QUAND UN MOT VEUT AVOIR L'R QU'IL DEVIENT MORT.

Motard
Un bon motard accorde plus d'attention, de soin, de tendresse à sa moto qu'à toute autre femme.

Mots Croisés
Mots partant à la reconquête de Jérusalem.

Mouche
Quand une mouche se mouche,
On voit après, dans l'air,
Son petit mouchoir
choir.

Mouche à u
Je préfère les mouches à u, parce qu'une mouche sans u, ça fait moche.

Moustique et foi
Les Témoins de Jéhovah refusent la transfusion sanguine. Donc les moustiques ne peuvent pas être Témoins de Jéhovah.

Moulinex
Nouveau : le moulin à prières électrique. Moulinex libère la nonne.

*Ne pas oublier
Même en bonne santé, riche et heureux, nous pouvons à tout moment être victime d'un accident.*

MOURIR
Mourir ? Allez, ça arrive à tout le monde !...

N
Le N mâle est inoffensif, mais la femelle, c'est la N.

Nabogosse
De nabot, et beau gosse : beau gosse de petite taille.

Naissance
Fin de la vie fœtale.

Narcissisme
Je même.

Natation et cinéma
Monter les marches du Festival de Cannes,
Sur le tapis rouge,
Avec des palmes d'or au pied.

Navette ferroviaire
Chemin de fer à repasser.

Nébuleuse
Débarras de planètes usagées avec poussière d'étoiles.

Musique vésicale
Voir : visite médicale.

Mystiquaire
Châssis à fines mailles métallaïques pour se protéger des mystiques.

Nécécité
Quand c'est nécessaire de fermer les yeux.

Neuf
Dernier chiffre solitaire, avant la chute dans l'anonymat des nombres.

Noctambulle
Qui fait des bulles la nuit.

Noël
Il y a des gens qui passent plus de temps à chercher le sens de la vie qu'à faire la liste des courses. Ces gens-là souffrent à Noël.

Nonne
◊ Féminin de non.
◊ Qui n'a pas dit oui devant monsieur le curé.

Note
Quand un musicien veut se faire payer, il présente sa note.

Non violence
Si vous remarquez quelqu'un qui zigzague sur l'autoroute, ce n'est pas forcément un conducteur ivre, peut-être un non violent qui s'efforce d'éviter de tuer des moustiques.

Nourriture
Après la date de péremption du N, celui-ci devient P, et la Nourriture devient Pourriture.

Nuage
C'est si mignon quand c'est petit.

Nu
Genre pictural traditionnel, qui relie le poil du pinceau aux poils du peintre et à ceux de son modèle. Cependant, sauf s'il est vraiment drôle, on ne dit jamais d'un nu qu'il est poilant.

Nue
Une nue :
1 – Un nuage
2 – Une femme déshabillée.

Nuit
Je me couche quand le jour m'en-nuit.

Nul
La simplicité, ça déshabille l'intelligence. Et quand on déshabille son intelligence, on se retrouve tout nul.

Nympho
Une nympho exclusive dans le journal, ça fait vendre.

O
Un mystère de la littérature, de l'orthographe et de la géographie : personne n'a jamais pu situer les O de Hurlevent.

Obèse
Ceci n'est pas un **GROS MOT.**

Obsaine
D'une santé insolente.

Obscénité
Panne décence.

Occidenter
S'occidenter : le contraire de s'orienter.

Odeurs
Si vous vous mettez des Boules-Quiès dans le nez, vous n'entendrez plus les mauvaises odeurs.

Odorat
Les chiens policiers doivent avoir des notions d'odorat pénal, mais peuvent faire l'impasse sur l'odorat civil ou l'odorat constitutionnel.

Œdème
Souvent ça fait mal, et on n'aime pas trop. D'où l'expression bien connue :

Œdème, moi non plus.

Offenser
Dire devant une porte ouverte tout le mal qu'on pense d'elle : offenser une porte ouverte.

Office de pute
Cet ouvrage est composé avec la suite logicielle Crimosoft Office de pute.

Offrande
Dans les musées, on voit rarement, sinon jamais, de plateau-repas disposés en offrande au pied des tableaux. C'est un métier bien mystérieux que la restauration de tableaux.

O.G.M.
Grâce aux O.G.M., les graines, les semences, toutes ces petites choses données gratuitement par la nature cesseront d'appartenir à tout le monde, et deviendront des marques privées, ce qui fera moins désordre.

Et puis les aliments transgéniques ont un effet bénéfique pour la santé. La santé financière de l'agro-industrie.

Oiseux
Oiseau qui ne vole pas haut, et niche souvent dans les glottes. On appelle son cri le propos oiseux.

On / Off
S'il suffisait d'un interrupteur On / Off pour passer de vie à trépas, la Terre serait sûrement moins peuplée.

11 septembre 2001
Enfin quelque chose d'intéressant à la télé.

Opinion
Imparfait du *subjectif*.

Options
Quand on achète une très belle voiture neuve avec toutes les options, on a deux options en plus, gratuitement, le souci de ne pas se la faire rayer, le souci de ne pas se la faire voler.

Orchestre de *chanvre*
Se dit d'un orchestre composé exclusivement d'instruments à *cordes*.

Ordinateur
Le premier ordinateur ne calculait pas au-delà de zéro et de un. Il servait à calculer le Bien et le Mal et d'autres généralités de la sorte.

Ordre
Pour mettre une poubelle en ordre, on peut garder l'ordure et vider seulement l'u.

Organisme
Quand on enlève **ni** dans orga**ni**sme, il reste orgasme. Attention aux fautes de petite frappe, pardon, aux petites fautes de frappe.

Ostéopathie
Pour les dégâts des os.

O.T.A.N.
« O.T.A.N. suspend tes vols. »
(Derniers mots du Colonel Kadhafi en 2011)

Ovin
Qui a mis de l'O dans son vin, mais rien à voir avec le Mouton-Rotschild.

Ozone
Zone un peu crade surtout connue pour les trous dans sa couche.

OMLTT
On peut faire une omltt sans caser des e.

Lessive pour un mariage blanc, plus blanc.

P

P
Au féminin : la P.
Au masculin : le P.
La P, on la recherche tous, plus ou moins, elle fait envie, elle fait rêver. Le P, pas vraiment.

Package
Souvent, on vous vend des biens ou des services en packs : internet + téléphone + télévision. Jantes alu + rétroviseurs électrique dégivrants, etc. De la même manière, le pack homophobie inclut souvent sexisme et racisme.

Pagaie
Quand on rame, ce n'est pas gai.

Paillasson
Se prononce comme Jackson, ou Johnson. Patronyme franco-anglais, de paillasse, et son. Fils de pute.

Paillasson
Pour doper la croissance du marché du paillasson, envisager une campagne de pub pour inciter les propriétaires à en équiper leurs rebords de fenêtres. Avantage : les cambrioleurs peuvent s'essuyer les pieds avant d'entrer.

Panier à salade
Si vous trouvez des poulets dans un panier à salade, c'est que vous n'êtes pas dans une cuisine, mais devant un commissariat.

Pan-magnat
De la même famille que le fameux en-cas provençal dénommé « pan-bagnat », le pan-*magnat* désigne un magnat des affaires qui, pour promouvoir son entreprise, fait l'homme-sandwich.

Panthéons
Exemple 1 : Marx, Engels, Lénine, Staline, Mao.
Exemple 2 : Google, Apple, Facebook, Amazon.

Paon dans le mil
Recette de cuisine à base de paon et de mil, qu'on sert après une chasse fructueuse.

Papier
Dans une vie d'homme, on utilise plus de papier pour s'essuyer les fesses que pour écrire des poèmes.

Papiers d'identité
Avec les papiers d'identité grandeur nature :
◊ Les policiers repèrent tout de suite celui qui ne les a pas sur lui
◊ On peut mettre toutes les infos biométriques que l'on veut, à l'échelle 1/1.

Papier toilette
Idée de papier toilette fantaisie à l'ancienne : installez un fax dans vos WC, et faites-vous faxer des factures ou des pubs.

Paradis fiscal
Au paradis fiscal, on ne sait pas ce qu'il en est des pauvres pécheurs, mais en tout cas les pécheurs pauvres ne sont pas admis.

Paradoxes
Difficile d'arriver à bon porc quand il fait un temps de cochon.

Paradoxes
Les paradoxes du peintre : sur une toile, l'apprêt se met avant. Puis pour avancer dans sa peinture, il faut parfois prendre du recul.

Paramessies
Organisme microscopique, utile pour se protéger des Messies.

Parapluie
Plus besoin de parapluie. L'Institut Pasteur aurait inventé un vaccin contre l'orage.

Paravents
Le paravent protège du vent, mais le parapet ne protège pas des pets. Ni des vents.

Parler
Activité consistant à actionner des muscles au niveau de la mâchoire, de la langue et de la gorge de façon à produire des vibrations dans l'air selon des fréquences variables appelées sons. Ces sons, regroupés en blocs dénommés mots puis phrases, peuvent être porteurs de significations. Exemples : To be or not to be. Passe-moi le sel.

Partouze
Dynamique de croupe.

Passifiste
Se dit de quelqu'un qui n'est pacifiste que ça.

Patriotisme
◊ Patriotisme : amour de la patrie (pas forcément de ses habitants).
◊ Nationalisme : haine des autres nations (et de leurs habitants).

Patronage
Là où on garde les enfants qui aiment pas trop nager.

Pause cigarette
Bien que je ne fume pas, je me réserve dans la journée des pauses cigarettes. Je fais la pause, mais personne ne m'oblige à fumer quand même.

Pavé Maria
Pavé utilisé pour le pavement des basiliques.

Pêche
La pêche est une forme de chasse. Mais une chasse d'eau.

Peine de mort
Assassinat d'assassin.

Peine de sûreté
Peine de sûreté incompressible de 30 ans pour les assassins d'enfants. Sont exemptés : les assassinats pour cause de guerre ou par conduite automobile dangereuse.

Peinture défigurative
La peinture défigurative est une forme de peinture figurative : c'est quand on fait un portrait et qu'il n'est pas beau du tout.

Pendaison
Au Texas, on pend la crémaillère haut et court.

Pénétré(e)
Rempli, imprégné profondément (d'un sentiment, d'une conviction. D'un organe sexuel masculin.)

Pennies
Vous pouvez toujours branler des pennies, vous serez impuissant à en faire des livres sterling.

Le problème avec la « pensée positive », c'est que ça ne marche pas quand on n'a pas le moral.

People
Quand dans les médias, on se donne l'apparence d'être important, mais que c'est du pipeau, on devient people.

Pour éviter d'être consterné quand vous regardez une émission people, dîtes-vous qu'il s'agit simplement d'un documentaire animalier.

Et sur internet, ce sont juste des têtes à clics !

Perceuse
Ma nounou allemande, elle m'endormait avec une perceuse.

Péquenot parade
Rave party à base de bourrée auvergnate.

Père Noël
1. Touchant mythe enfantin.
2. Employé précaire de grand magasin.

Performance
Halte au machisme du vocabulaire. Il n'y a pas que la performance dans la vie. Il y a aussi la merformance.

Permis de conduire
C'est le plus populaire des permis de port d'arme. Il autorise l'emploi d'armes rapides de plusieurs centaines de kilos, même en ville. On peut aussi conduire avec un permis de chasse. À condition de prouver qu'on a déjà tué un piéton.

PERNOD
Diminutif familier, chez les alcooliques, du Père Noël.

Personnalité
Elle passe à la télé parce qu'elle est importante. Ou elle est importante parce qu'elle passe à la télé ?

Personnel
Ce que tu fais, c'est très personnel. Fais-toi connaître ! Fais-le savoir ! Perce ! Sonne ! Hèle !

Personnes âgées
Le bébé est une personne. Le bébé de quelques heures est une personne âgée. De quelques heures.

Perversité
Exemple : avoir un goût pervers pour la normalité.

Pessimisme
Chaque jour, il nous reste de moins en moins de temps à vivre.

Petite graine
On ne choisit pas d'être artiste. Quand on a une petite graine d'œuvre dans le ventre et qu'elle grossit, il faut bien accoucher. Cela dit, le bébé n'est pas nécessairement génial.

Petits Frères des Riches
Organisation conçue sur le modèle des Petits Frères des Pauvres, mais pour ceux qui préfèrent les riches.

Physique nucléaire
La fission du noyau atomique est une source de pépins.

Picasso
Le papa de Picasso était peintre lui aussi. On ne connaît aucun de ses tableaux, une seule de ses œuvres est passée à la postérité : Pablo. Œuvre réalisée en partenariat avec son épouse.

Picassocial
De « Picasso » et « cas social ». Se dit d'un peintre catalan du début du XXe siècle qui aurait raté sa vie.

Pictogramme
La représentation de l'homme et de la femme sous forme de pictogramme, dans notre culture, ne sert que dans les grandes occasions. Pour indiquer l'emplacement des toilettes.

Pied de la lettre
Texte **p**ublié : enlevez la queue du **p**, ça devient un texte **o**ublié. Attention au pied de la lettre !

Pilote décès
Conducteur de corbillard.

Pinacothèque
(Voir illustration ci-dessus)

Ping-pong homéopathique
Se joue avec des pilules en forme de minuscules balles blanches : on se les renvoie à coup de langue de part et d'autre d'une ordonnance.

Pinson
La preuve que l'homosexualité existe dans la nature, c'est le pinson. Ne dit-on pas: « gay comme un pinson ? »

Pipi la nuit
Si on veut faire pipi dans le noir, il ne faut néanmoins pas prendre sa vessie pour une lanterne.

Piquer un phare
Pour un grand timide, voler un phare de voiture en rougissant.

Piquets-cadeaux
Quand on offre une clôture à une vache ou à un mouton, c'est plus présentable de faire des piquets-cadeaux.

Piromane
Personne qui a la manie de faire toujours pire. Antonyme : supermane.

Plage
Là où on vérifie que les corps humains ont plus d'os, de chair, de rougeurs et de vergetures que dans les magazines.

Plaies station
Se prononce « Playstation ». Chemin de croix en jeu vidéo.

Platane
Arbre violent et dangereux connu pour agresser motards et automobilistes.

Plume et poil
On dit d'un écrivain qu'il vit de sa plume. Mais d'un peintre, même s'il travaille au pinceau, on ne dit pas qu'il vit de son poil.

Pneu
Si vous montrez un pneu à un paon, il ne vous fait pas la roue pour autant. Les animaux sont bêtes.

Poésie
Forme littéraire *parfois* poétique.

Poésie alimentaire
Le vers est dans le fruit

Poétisme
Comme l'alcoolisme, le poétisme est difficile à soigner. Après une cure de désintoxication, *un seul vers* suffit à réintoxiquer le poète.

Poil
Le **P** pesant de poil est le pied qui retient à la peau *l'écriture légère du o, du i, du L.*

Poilopathe
Obsédé par les jambes velues. Moins dangereux que le psychopathe, cependant.

Points de suspension
Quand écrire me secoue trop, je mets des points de suspension…

Poiss. Bordel
Abréviation de Poisson à la bordelaise sur mon ticket de supermarché.

Poisson
Animal préférant l'eau à l'huile, mais on ne lui demande pas son avis.

Poisson volant
Animal créé par Dieu dans un moment d'indécision.

Poli
A un poil près – un **i** qui change de position – le mot poli se retrouve à poil dans le dictionnaire.

Politiquement coquette
Se dit d'une loi cosmétique.

Politiquement correct
Aujourd'hui, c'est très politiquement correct de dire qu'on est politiquement incorrect.

Polygamie
Avoir l'esprit de femmille.

Pompe Afrique
S'écrit aussi pompe à fric. Système politico-économique associant dictateurs locaux et entreprises multinationales diverses.

Pompes funèbres
Seuls les corbillards font le plein à ces pompes-là. Attention : dernière station avant le cimetière.

Poney de ma nièce
Rendre le poney de ma nièce : façon cavalière de se venger de quelqu'un, de lui rendre la monnaie de sa pièce. Si quelqu'un ne peut pas te voir en peinture, il va te rendre le Monet de Tàpies.

Pope
Quand un prêtre orthodoxe en voiture klaxonne, on dit que le pope corne.

Popularité
Plus une personnalité a sa photo dans le journal, plus elle a de chances d'avoir son image dans les poubelles.

Pornographe
Personne ayant les yeux en face des trous, et réciproquement.

Porte gauchère
Porte dont la poignée est à gauche. Ne pas confondre avec la porte cochère, dont la poignée est indifféremment à gauche ou à droite.

Positiver
L'inaction est déprimante, mais l'action est fatigante. Mourir fait mal, alors la vie est belle.

Posséder
Toutes les choses, tous les objets que nous avons sont diaboliques. Nous les avons, ils sont possédés.

Poster
Poster = affiche.
Postérieur = affiche de cul.

Pot-au-feu
Le pot-au-feu dans la savane africaine s'assaisonne avec un oignon piqué d'un cou de girafe.

Potiron
Avec les lettres de p.o.t.i.r.o.n, on ne peut faire qu'une seule p.o.r.t.i.o.n. Ça fait beaucoup pour une seule personne.

Poucette
Sœur du petit Poucet. Avec trois trous s'il s'agit d'une fille. Ou quatre roues s'il s'agit d'une poussette.

Poule au pot
Copine un peu vulgaire invitée à un pot de fin d'année.

Poule bancaire
S'écrit aussi : pool bancaire. Voir : basse-cour, de bourse.

Poulet
◊ Poulet fermier : flic à la campagne.
◊ Poulet label rouge : flic communiste
◊ Poulet de Bresse : flic enrhumé à la commission de censure de la presse.

Pouls
Rumeur : les lotions anti-*pouls* seraient très mauvaises pour le cœur

Poussière
Quand on voit de la poussière, ça montre bien que pousse hier.

Pouvoir
Les gens de pouvoir sont des gens soumis. Soumis à leur goût du pouvoir.
...
Le problème avec le pouvoir, c'est qu'y parviennent souvent des psychopathes, les plus gravement atteints par la pathologie du pouvoir.

P.Q.
P.Q., c'est l'abréviation de Papier Toilette. Ça serait quand même plus élégant, et plus cohérent, de dire P.T.

PRADASSE
Ne se dit pas (en face) d'une femme habillée en Prada.

Précoce
Il n'est pas prouvé qu'un bébé conçu lors d'une éjaculation précoce devienne un enfant précoce.

Principes
Celui qui est à cheval sur les principes, il n'y va pas avec le dos de l'écuyère.

Problème social
Si vous avez acheté un sac Louis Vuitton, vous êtes contraint de vous équiper après d'une montre Cartier, d'un ensemble Chanel, d'une Jaguar pour aller avec.

Procrastination
Demain, sans faute, je commence mon traité en dix volumes sur la procrastination.

Proche
Quand on est plus proche
On est plus près, pour les reproches.

Production humaine
Selon une étude de l'Organisation Mondiale des Installateurs de Chasse d'Eau, la production la plus importante d'un homme ou d'une femme, en poids et en volume, au cours de sa vie entière, est celle de pisse et de merde.

Productivité
Mode de management destiné à augmenter la production de chômeurs.

Progrès
De même qu'on arrive à fabriquer des voitures de moins en moins polluantes, on devrait aussi arriver à fabriquer des armes de moins en moins meurtrières.

Propriété privée
Privée de quoi ?

Prospère périmé
Ecrivain qui a été riche mais ne l'est plus.

Prostitution
Action de vendre son corps quand on ne lui accorde plus de valeur.

Protest song
Genre de chanson pratiqué par les chanteurs à la gorge irritée.

Proverbes
Qui vole un œuf
Vole un bœuf,
Mais
Qui vole une espadrille
Ne vole pas en escadrille.

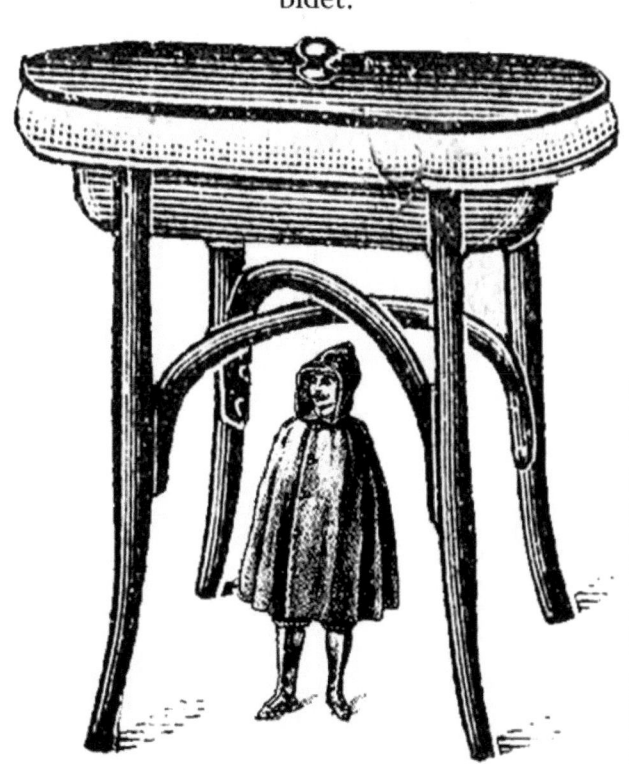

Prudence
En cas d'orage, ne jamais s'abriter sous un bidet.

Psychanalyste russe
Divan le terrible.

Psychothérapeute
Personne qui fait des ménages, qui aide les gens à tenir leur intérieur.

Ptéro-dactylo
En croisant un ptérodactyle avec une sténo-dactylo dans un Jurassic Park, on obtient un ptéro-dactylo, sorte de dinosaure qui sait taper à la machine à écrire.

Publicitaire
Responsable de la propagande dans un régime capitaliste. Sa fonction consiste à traiter les cerveaux rendus disponibles par les médias, pour ensuite diriger les individus traités vers les centres commerciaux. Là, d'autres opérateurs marchands les prennent en charge.

Publicité
Système sophistiqué de communication à sens unique. La publicité permet par exemple à un groupe industriel de manipuler à distance les glandes sexuelles de milliers de femmes persuadées en même temps d'être uniques, pour leur faire désirer l'achat de boîtes de pâté pour chat vues à la télévision.

Publicité

Vous êtes jeune parent. Bébé est enfin là. C'est une grande joie, mais aussi tant de dépenses à la fois ! La publicité peut vous aider à y faire face : une réclame sur son landau, une réclame sur son biberon mettront de la gaieté dans son petit monde… et seront une contribution bienvenue à votre budget.

La publicité enseigne le vrai sens des valeurs. Ainsi, quand elle est bien faite, elle permet à des êtres humains de se hisser à la hauteur de l'image de marque de leurs chaussures, de leur boisson gazeuse ou de leur slip.

Pudeur
Écrin de soi où se cachent les bijoux intimes.

Pull-ovaire
Cousin biologique et microscopique du pull-over. Recommandé aux petits spermatozoïdes qui ont froid.

Pureté
En enlevant le t de pureté, vous êtes dans la pureé. L'orthographe et les pommes de terre en souffrent.

Q

Q

Lettre avec une queue. D'ailleurs, on dit un Q. le Q se situe entre le P et l'R, différent en cela du cul qui lui, se situe entre le pet et l'air.

Q.C.M.
Rien ne sert à rien, rien ne vaut rien, mais cela est indifférent (Nietzsche) ☐
Tu veux être heureux ? Sois-le ? (Mauriac) ☐
Pour commencer votre journée, cochez la bonne case.

Q.I.
On peut avoir un gros Q et un petit Q.I.

En occident, on a inventé le Q.I.
En Orient, le Qi.
Quotient intellectuel ou souffle vital, pourquoi faire du chichi, autant prendre les deux.

Quadra
L'avantage d'un homme de 40 ans sur un homme de 20 ans, c'est qu'il a quand même 20 ans de plus.

Quatre
Chiffre attentionné (ne dit-on pas : se mettre en quatre) mais un tantinet agacé qu'on le réduise toujours à deux et deux sous prétexte qu'ils font quatre eux aussi.

Queue
Dans la rue, la longueur d'une queue exprime la puissance d'attraction d'un commerce. Cas particulier : dans la rue, la longueur d'une queue, chez l'homme, exprime la puissance d'attraction d'une passante.

Quatre / quatre

Premier essai réussi d'un 4 X 4 en ville

Aujourd'hui, nous pouvons circuler en 4 X 4 en ville en toute sécurité. Si l'on renverse un cycliste ou une mamie, on ne sent rien. Mais il n'en a pas toujours été ainsi quand on regarde le prototype de ce premier 4 X 4 dépourvu même d'air conditionné

4 X 4
Un 4X4 peut être un message à lui tout seul :
Je te regarde de haut.
Si on se percute, je t'écrabouille
J'ai le droit de polluer plus et prendre plus de place.
Mais rien n'est simple : des personnes qui se mettent en quatre pour les autres, roulent aussi en 4X4.

R

R
Quand vous voyez un R tout seul dans un dictionnaire, ne vous inquiétez pas pour lui, c'est en général l'R de Rien.

Raccourci
Se tuer sur la route est un raccourci involontaire utilisé par les conducteurs pressés.

Racisme
Le racisme fournit au premier venu l'occasion d'élargir son cercle d'ennemis d'un seul coup à des millions de personnes sans avoir besoin de les connaître personnellement.

Radiographie
La radiographie d'un dromadaire fait apparaître une curieuse similitude de sa bosse avec un poulet rôti, surtout quand le dromadaire ressemble lui-même à un cheval.

Radio-télé
Une absence soudaine de bruit, de musique ou de nouvelles versées dans les oreilles nous laisse parfois face au seul contenu de notre tête. Ce qui n'est pas forcément intéressant et justifie l'emploi urgent d'une radio, d'une télé, d'un baladeur ou de tout autre respirateur artificiel.

Rajeunir
Pour faire plaisir à un vieux, dîtes-lui qu'il a rajeuni ; pour faire plaisir à un jeune, dîtes-lui qu'il a ravieilli.

Rapports
Les hommes passent en général plus de temps dans leur voiture que dans leur femme, mais plus de temps sur leur femme que sur leur vélo. Sauf les cyclistes.

Rapt
Pour un gangster dyslexique, enlever quelqu'un au moyen d'un bus parisien : commettre un ratp.

Rat-daim
Une veste en daim, c'est cher. Une veste en rat-daim, c'est quand même plus économique.

Rathée
Quelqu'un qui a essayé de croire en Dieu, mais qui n'a pas réussi, est un rathée.

Ratiociné
De *ratio, ciné, et ratiociner*. Genre de ciné qui raconte toujours un peu la même chose, avec un ratio de recettes éprouvées et d'acteurs prévisibles.

Rat-porc
Animal hybride, fécond, mais à la descendance plus administrative que sentimentale : c'est ainsi qu'après les rats-porcs amoureux, on voit naître les rats-porcs en trois exemplaires.

Rayon livre
Au supermarché, la durée de vie d'un livre est presque *une fois et demie supérieure* à celle d'un yaourt !

Rayures
Inspiré par le célèbre dentifrice Signal à rayures, Buren, un artiste devenu lui aussi célèbre par son travail sur les rayures, s'est fait poser un anus artificiel lui permettant de faire des merdes avec des rayures.

RBL
Je n'ai rien contre l'alphabet, contre aucune lettre en particulier. Le **R** je l'aime, le **B** je l'aime, le **L** je l'aime. Pourtant si j'enlève le **R**, le **B**, le **L** à mon **PROBLÈME**, j'ai mon **POÈME**.

Réalisme
Peut témoigner de la réalité d'un manque d'imagination.

Réalisme économique
Un enfant qui meurt de faim dans un pays pauvre ne représente pas une perte pour l'économie mondiale. Ce n'est pas un consommateur qui meurt : aussi, les lois du marché n'en souffrent pas.

Réalité virtuelle
Illustration : Machine pour éprouver les sensations vraies d'une pêche à la ligne fructueuse. En manœuvrant les différents leviers, on reconstitue avec un réalisme saisissant la tension d'un poisson tirant sur la ligne.

Réalitichaut
Sorte d'artichaut télévisuel où l'on effeuille petit à petit l'intimité des gens pour la tremper dans la vinaigrette du voyeurisme.

Recul
Si vous n'avez rien à offrir à boire au cours d'une discussion animée où chacun campe sur ses positions, vous pouvez toujours proposer :
Vous reprendrez bien un peu de recul ?

Recyclage
De même qu'on peut rapporter un vieil appareil électronique à la boutique qui nous en vend un nouveau, on devrait pouvoir rapporter notre merde au McDo qui nous vend un BigMac.

Réforme de l'orthographe
On pourrait aussi simplifier les musiques, les tableaux, les textes littéraires pour les rendre plus accessibles.

Règle du féminin
Féminin de maître : maîtresse.
Féminin de F : fesse.

Remerciment
Dire merci à un maçon.

Reproduction des rugbymen
Le rugby, jeu viril considéré à ce titre comme un sport matozoïde, se pratique avec un ballon ovale, ou ovule dans le cas d'une faute de frappe. La mêlée au rugby ressemble d'ailleurs à s'y méprendre à la fécondation, et c'est pour cela qu'on dit familièrement d'une femme enceinte qu'elle a un ballon. Cependant, toute femme enceinte n'accouche pas nécessairement d'un rugbyman.

Requin
Poisson violent dur à avaler.

Réseaux sociaux
Avec les réseaux sociaux, même si on n'a rien d'intéressant à dire, ça ne coûte rien de le faire savoir.

Résistant
Dans les années 40, désigne quelqu'un combattant les nazis.
De nos jours, désigne un type de papier toilette : doux et résistant.

Respectabilité
Mot douteux.

« Ressaisis-toi ! »
Formule magique qui permet de remettre en forme n'importe quel déprimé.

Ressemblance
Un dessin ressemblant ne ressemble parfois qu'à l'idée préconçue que l'on avait du sujet observé.

Retraitée et retraité
Sea, sieste and sun.

Réussure
Sœur jumelle de la rature, qui a réussi.

Régulation des Trains
Machine à dédoubler les trains en périodes de pointe. Vous vous êtes souvent demandé comment la SNCF faisait pour dédoubler les trains en périodes de pointe. Il y faut toute la force et la compétence des cheminots pour actionner cette machine redoutable. Mais pour eux, rien d'inhabituel : doubler les trains, c'est leur train-train.

Richesse

Si on mesurait la richesse, non en euros ou en dollars, mais en amour, honnêteté, générosité, dévouement, les riches ne seraient pas les mêmes.

Même immensément riche, on garde toujours en soi la faculté d'être un pauvre type.

Ricorée du Nord
Corée du Nord, État voyou. Ricorée du Nord, petit-déjeuner voyou ?

Rien
« Je n'ai besoin de rien ». Phrase vertigineusement philosophique que l'on prononce régulièrement, devant des démarcheurs. Mais ça ne va pas au-delà.

Rigorisme
Mot qui commence comme rigolo.

Rime
Capitalisme, communisme, islamisme, fascisme, intégrisme, nationalisme... Quand tous les mots se terminent pareil, c'est facile de faire des rimes et des poèmes.

Rire

Se pratique en découvrant les dents, en plissant les yeux, et en hoquetant convulsivement. Le rire, activité hygiénique, est recommandé aux personnes déprimées.

Risque au cirque
En cas d'incendie ou de naufrage à bord d'un cirque, il faut évacuer les femmes et les éléphants d'abord !

Risque suicidaire
Statistiquement, les gens qui vivent dans une cave présentent moins de risques de suicide. Parce que déjà, il est plus difficile de se jeter par la fenêtre.

Relaceur de souliers.
Fini le problème des souliers montants avec leurs interminables lacets qui se dénouent quand on est en pleine action. Grâce au relaceur de chaussure et à sa machine à relacer automatique, vous pouvez faire relacer vos souliers sans interrompre ce que vous êtes en train de faire.

Réveil
Petit appareil pour briser les rêves chaque matin.

Révolution
Remplacement d'un pouvoir usagé par un pouvoir neuf.

Riche
J'ai autant envie d'être riche que de me vautrer sur un canapé en marbre avec des accoudoirs en or.

Roir
Objet pour regarder simultanément la réalité et son reflet. La plupart des gens n'en utilise que la moitié : le mi-roir.

Roue
Une compagnie américaine ayant déposé le brevet de la roue, que personne n'avait jamais pensé à déposer, tout utilisateur de roue, roulette, cerceau, pneu, cercle, devra désormais verser des droits à cette compagnie.

Roue de secours
Prudence ! Si, à un noyé, vous jetez une roue de secours au lieu d'une bouée, vous risquez de l'assommer.

Robe ophtalmique.
Porter des lunettes est toujours un souci quand on est une petite fille. Grâce à cette astucieuse robe à soufflet, fini les lunettes oubliées, perdues ou cassées : un grand verre loupe unique remplace les deux verres traditionnels, et nul besoin d'ophtalmologue : la vision de chaque enfant s'ajuste tout simplement à l'aide du soufflet de la robe.

Ressources humaines
Pensez aux métiers des Ressources humaines. Une profession qui met l'humain au centre.

Rouge
Couleur du désir, et aussi des sens interdits.

Rousnicher
Rouspéter en pleurnichant. On peut dire aussi pleurpéter, quand c'est la rouspétance qui domine.

Routine
Petite route pour aller d'un bout à l'autre de la vie.

Ruelle
Il ne faut jamais mettre de C devant une ruelle, car elle devient Cruelle.

Ruine
Maison ou château après le passage d'une civilisation adverse.

Rumeur
Information véridique, sur les fantasmes de ceux qui la propagent.

S

Lettre qui se pose beaucoup de questions : S que j'ai bien fait de venir dans ce dictionnaire ?

S.D.F.

On parle beaucoup des Sans Domicile Fixe. Mais que fait-on pour tous ces gens qui n'ont pas de garage pour leur voiture ?

S.N.C.F.
La SNCF a été l'entreprise philosophique la plus concise de l'histoire. Dans les trains de jadis, où les fenêtres pouvaient s'ouvrir, on lisait cette parole de sagesse : *Ne pas se pencher au dehors*. Quiconque se situe entre le jour de sa naissance et celui de sa mort devait, selon elle, obéir à ce précepte unique pour arriver à destination. Tout le reste étant littérature. De gare.

Sablier

Indispensable pour mesurer la vitesse du sable.

Sacré-Cœur
Version française du château de la Belle au Bois dormant, Disneyland Paris.

Sacrifices humains
Trois à quatre mille morts par an. Les aztèques étaient loin de ce rendement annuel que nous obtenons en France grâce aux accidents de la route.

Saignant gnan
Se dit d'un film un peu bébête, avec beaucoup de crimes, meurtres et assassinats.

Salariés
De quoi ils se plaignent : ils ont le labeur, et l'argent du labeur !

Salle d'attentat

En raison du développement du terrorisme dans les transports, on pourrait transformer les salles d'attente en salles d'attentat, où chacun pourrait déposer ses bombes en toute confidentialité.

Salle des vents
Salle des ventes sans **e**, on n'y vend que du vent.

Samourail
Seigneur guerrier japonais employé aux chemins de fer.

Sané
Santé sans t.

Sans papier
Sont invitées à manifester Place de la République toutes les personnes qui se sont retrouvées au moins une fois sans papier dans les WC.

Satiété de consommation
Théorie des faims dernières de l'homme.

Sécurité routière
Prototype du premier autobus équipé d'une ceinture de sécurité.
(Seulement en 1ère classe)

Scouard
[de square, et couard] Quelqu'un qui s'effraie juste à l'idée de traverser un petit espace vert.

Scrupule
Articulation d'un acte irréfléchi avec la mécanique d'une pensée éduquée.

Se défouler
(Ou se dé-fouler). Fuir la foule pour enfin être tout seul.

Sec symbole
Se dit d'un homme, ou d'une femme, qui ne se mouille pas.

Self-made-man
Homme qui s'est fait tout seul à partir d'un spermatozoïde et d'un ovule emprunté à ses parents.

(Attention : l'expression « s'être fait tout seul à la force du poignet » n'évoque pas les branleurs, contrairement à ce que l'on pourrait croire.)

Selle
Si vous avez mal aux fesses à vélo, allez dans un laboratoire d'analyses médicales pour faire analyser votre selle.

Sémaphore
Système de signaux pour communiquer de loin en loin. Malheureusement, rien de semblable n'existe pour communiquer de près, parce que là c'est beaucoup plus difficile.

Semi-conducteur
Se dit de quelqu'un qui n'a plus que la moitié des points sur son permis.

Sémiologie
Roland Barthes, critique et sémiologue, est mort renversé par une camionnette de pressing. Que peut la sémiologie contre l'urgence d'une livraison de linge ?

Sens de la vie
Le sens de la vie ? Vous ne pouvez pas vous tromper : c'est par là, tout droit, il y a la mort au bout.

Sentiment
Les bons sentiments sont au sentiment ce que le bon goût est au goût. Et réciproquement.

Serrure
Mécanique délicate de genre féminin, avec un trou pour l'œil. Mais pas que pour l'œil.

Sex
Abréviation peu usitée de sexagénaire.

Sex Apple
Beaucoup de gens aiment d'amour leur iPhone.

Sexe
Même les gens qui ne s'intéressent pas au sexe en ont un. La nature est espiègle.

Sexophoniste
Se dit d'une personne qui a des orgasmes bruyants.

Siège éjectable
L'inventeur du siège éjectable pour hélicoptère s'est reconverti dans la fabrication de machines à trancher le salami.

Sirène
Votre sirène d'alarme se déclenche quand on vous vole votre voiture. Mais moi, qu'est-ce que je fais quand vous me volez mon silence ?

Société de cons
Abréviation de « Société de consommation ».

Société spermissive
Société où l'on autorise les spermatozoïdes à fréquenter librement les ovules.
Dans une société spermissive, on ne *baise* pas les bras.

Soda
De nombreuses personnes sont contaminées par le soda au simple contact d'une boisson gazeuse.

Sorcière
« Sorcière conduite au bûcher » : version brûlante de la « femme au foyer ».

Sornette d'urgence
Bobard qu'on raconte vite fait à un pharmacien pour obtenir rapidement un produit non autorisé.

Soul
Exemple de faux-ami : quand un adolescent dit « ça me saoûle », il ne veut pas dire « cela parle à mon âme ».

Souperman
Si tu manges bien ta soupe, tu deviendras fort comme souperman.

Souplesse de l'esprit
L'esprit humain est d'une souplesse remarquable : capable de passer de la compassion pour tout un peuple martyr vu à la télé, au souci causé par une rayure sur un beau meuble du séjour.

Source
La eau sur la montagne.

Souvenir
Conseil aux enfants : si, en visitant un cimetière, vous voyez écrit « souvenir » en lettres dorées sur une plaque de marbre, ce n'est pas forcément un souvenir à rapporter de colo pour papa et maman.

Spermarché
Supermarché du sperme.

Sperme
Substance dans laquelle tout le monde, même le Pape, a tenu tout entier à un moment. Mais même avec les progrès de l'échographie, il reste impossible de distinguer un futur Pape d'une fille ou d'un garçon.

Stationnement
C'est devenu tellement difficile de garer sa voiture en ville que trouver une place de stationnement devient une vraie joie. Qu'on a plaisir à raconter à ses proches. Qui ensoleille une soirée. Elle n'est pas belle, la vie ?

Suspense
Action de sucer de la petite monnaie britannique.
S'écrit aussi « suce-pence ».

Sucre lent
Quand on double un sucre lent, on peut se faire sucrer son permis.

Suicide
Quand on aurait besoin d'un repos complet, qu'on se trompe et qu'on prend un repos éternel.
Ou quand le courage de mourir devient plus fort que le courage de vivre.

Suicide mode d'emploi
Abrégé de savoir-vivre.

Suisside
Suicide suisse. Petit-suisside : suicide par overdose de petit-suisse.

Sultan
Il ne faut pas dire d'un sultan que c'est un calife, c'est insultant !

Supériorité

Le fait d'être meilleur que les autres implique certaines servitudes. Comme de compatir sincèrement à leur jalousie.

Supplément d'âme

25% de produit en + !

Superlatif
Le plus grand nain du monde a épousé la plus petite géante.

Suppo de Satan
Suppositoire pour soigner les angelures.

Surf
Même si on ne connaît rien au surf, on en a forcément une idée vague.

Surmenage
Maladie bien méritée des gens qui ne savent pas être paresseux.

Symboles religieux
Si Jésus avait été guillotiné au lieu d'être crucifié, qu'est-ce qui aurait remplacé la croix dans les églises : une guillotine. S'il avait été électrocuté : une chaise électrique. S'il avait reçu une injection létale : une seringue. Et le journal La Croix se serait appelé…. Et on aurait porté autour du cou… Et on aurait mis au-dessus du lit dans la chambre…

Syndiktat
Syndicat qui impose ses consignes de vote.

T

Cette lettre n'a rien de spécial. Mais peut-être qu'elle attend son heure. L'heure du T.

Tabac
Impôt volontaire, qui se fume.

Tableur
Logiciel qui peut servir à un cadre pour faire des tableaux. Non recommandé pour les artistes peintres.

Tact
Ce n'est pas toujours faire preuve de tact de dire : pour aveugle, mal voyant ; pour sourd, mal entendant ; pour frigide, mal baisée ; pour macho, mal dominant.

Tailleur de pierre
Tailleur de costume trois-pièces en pierre de taille.

Talc
Si vous trouvez que quelqu'un manque de talc, vous pouvez toujours lui botter les fesses.

Talc-show
Émission de télévision consacrée aux soins de peau des bébés. Fesses et commentaires. Ne pas confondre avec talk-show, émission pour les grands où l'on peut toutefois aussi parler de cul.

Talent
Si un artiste est minable, il lui faut trouver un public qui le soit aussi.

Talk-show
Il ne faut pas mélanger les talk-shows et les serviettes.

Tapage nocturne
Persécution des percussions.

Taupe
Animal aveugle qui passe tout son temps dans des galeries. Mais ne bavarde pas un verre à la main en tournant le dos à des tableaux.

Taureau
Quand un taureau manifeste des tendances bisexuelles, on dit qu'il va de mâle en pis.

Tchalindge
(Ou challenge)
Dans certaines professions, mot à prononcer avec des claquements de langue, une crispation mentonnière de la mâchoire et un regard pour film d'action afin de montrer qu'on est bien un battant.

T'chat
Quand le t'chat n'est pas là, les correspond dansent.

Tel père, tel fils
Proverbe qui signifie que le n° de tel du père est aussi le n° de tel du fils. Sauf pour les téléphones sans fils.

Téléfaune
Téléphone sans fil, mais avec une queue et des sabots.

Téléphone portable
Les premiers téléphones portables étaient beaucoup plus gros et lourds qu'aujourd'hui. Ils étaient retenus à la maison par un fil, et on sortait sans eux. Aujourd'hui, on emporte son téléphone avec soi et, quoique plus petit, il prend plus de place dans notre vie.

Téléphone portable
Quand on est trop grand pour avoir un doudou, on est devenu assez grand pour avoir un téléphone portable.

Télescope
Télé où ne passent pas les stars, mais seulement les étoiles.

Télévision
Si la télévision prend tant de place chez tant de gens, c'est peut-être parce que chez eux la télécommande.

Temps libre
Le temps libre est un luxe qui n'est pas à la portée du premier riche homme d'affaires venu.

Tennis
On vous raconte des balivernes si on vous dit qu'on ne peut pas jouer au tennis l'hiver parce que les balles hivernent.

Terrorisme

Le terrorisme met la tyrannie à la portée des apprentis tyrans ne disposant pas d'un État.

> **TEST DE TORTICOLIS**
>
> SI VOUS POUVEZ LIRE CE TEXTE SANS AVOIR BESOIN D'INCLINER LA TÊTE, C'EST QUE VOUS AVEZ EFFECTIVEMENT UN TORTICOLIS.

Testament
Quand un couple bat de l'aile, quand un couple se meurt, chacun fait son test amant.

Texticule

Petit texte viril.

Thème, a-version
« — Je thème, j'ai de l'a-version pour toi. » Dialogue intraduisible entre un grec et une latine.

Thermomètre
« — Les températures, chut ! ». C'est ce qu'on dit au thermomètre quand il commence à faire vraiment trop froid.

Tissu de mensonges

Texte t-il ?

Tit

Les grands sont toujours très tits. On n'a jamais vu un grand peu tit.

Tobogant
Sorte de gant pour amortir la chute des objets qui nous échappent des mains.

T.O.C.
Trouble Obsessionnel Compulsif. Action de répéter obsessionnellement des gestes censés protéger, purifier, etc. Pratiqués par des millions de personnes depuis des siècles, de nombreux T.O.C. ont accédé au statut de rituel ou de commandement religieux.

Toilettes
« - Où sont les toilettes ? (Jean-Paul Sartre, la Nausée)

« - La cour se remplissait peu à peu de toilettes claires, les femmes étant en majorité » (Albert Camus, le Premier homme).

Tolérance
Bruit. Fumée. Embouteillages. Énervement. Pannes. Contraventions. Fourrière. Factures. Taxes. Vols. Alarme. Accrochages. Accidents.
La preuve que l'homme est foncièrement bon se trouve dans cette énumération de tout ce qu'il est prêt à tolérer de sa voiture sans cesser de l'aimer.

Top model
Idéal féminin aux normes iso 9002.

« Tout de suite »
Synonyme : « après-la-pub ». (Ce synonyme ne vaut que pour la télé).

Torture

Si vous torturez un chat ou un chien, vous risquez la prison. Si vous torturez des milliers de poulets, des centaines de vaches, de cochons ou d'agneaux, vous risquez d'alimenter les rayons de supermarchés, les fast-foods, leurs poubelles, etc., de polluer votre environnement, mais aussi de générer de gros chiffres d'affaires.

Tout doux liste

Variante de la « To do list ». Liste de ce qu'on peut faire sans se presser.

Tout-terrain
Un 4X4 en ville, c'est vraiment tout-terrain si on ose : passages piétons, places handicapés, emplacements livraisons, voies de bus, rien ne lui résiste.

Traditions

Reproduction dégénérée et toxique d'usages qui ont perdu leur sens originel. Comme beaucoup de toxiques, les traditions à petite dose sont une potion agréable et utile pour bien vivre au présent.

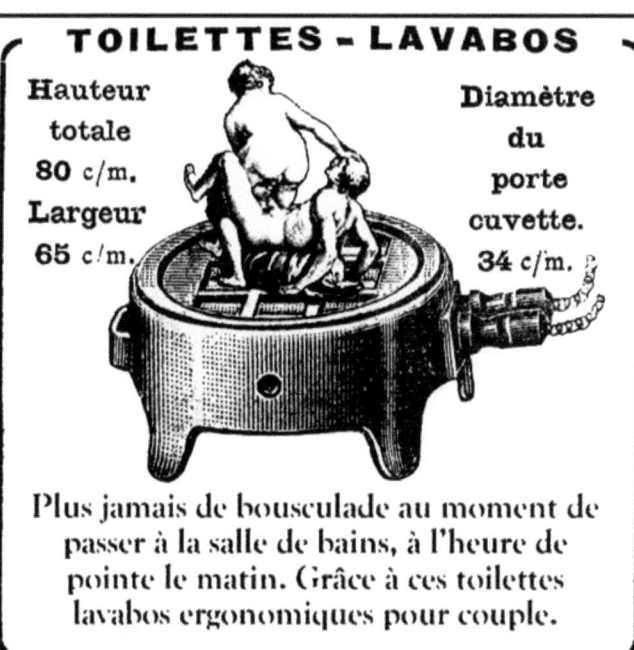

Travail
Le communisme déportait les gens vers des camps de travail forcé, par la contrainte politique et policière. Le capitalisme confie aux habitants des pays ruinés le soin de se déporter eux-mêmes, à leurs frais et à leurs risques et périls, vers les pays riches où ils peuvent volontairement se faire exploiter.

TRAVAIL, FAMILLE... ... PÂTES, RIZ.

Travelo
De l'anglais travel : personne qui voyage d'un sexe à l'autre.

Tremblement de *verre*
Les tremblements de terre se mesurent sur l'échelle de Richter, tandis que les tremblements de verre se mesurent sur l'échelle de Ricard.

35 heures
Avec les 35h comme dans ce pays de feignants qu'est devenu la France, les américains n'auraient jamais pu entreprendre ce job grandiose d'envahir l'Irak.

Trente millions d'amis
30 millions de crottes de chien le matin, 30 millions de crottes de chien le soir.

Trépugner
Quand on trépigne parce que ça répugne.

Triangle
Rectangle auquel il manque un côté.

Trimarrant
Bateau pour rire.

Trois
Chiffre très populaire, apprécié par tous les enfants : « Un, deux, trois, Soleil ! » (Jeu). « Le Père, le Fils, le Saint-Esprit » (devinette). Ce chiffre reste inconnu des militaires : « Une, deux, Une, deux, Une, deux, etc.... »

Trône
Dans une vie, on passe beaucoup plus de temps à faire ses besoins qu'à faire l'amour.

Trottoir
Un ouvrier des travaux publics s'est fait aborder alors qu'il faisait le trottoir.

Trou
Si on ne se rappelle plus comment on fait un trou, on a toujours un trou de secours, ça s'appelle le trou de mémoire.

Trou noir
En astronomie, trou noir = troublant.

U
Lettre en forme de fer à cheval et qui se prononce : « Hue ! »

Ultimatum
Un ultimatum peut être humiliant comme se faire mettre demain aux fesses.

Un
Chiffre premier partout en arithmétique, mais loin derrière dans l'ordre alphabétique.

Une télé ni pute, ni soumise
Ni pub, ni sottises.

Univers
L'univers est composé d'une barre centrale et de quatre planètes disposées aux quatre coins. Paraît-il. Et puis, ce serait tellement plus simple.

Urne funéraire
Pour faire voter les morts.

V

Lettre qui fait souvent de la figuration comme oiseau dans le ciel des illustrations.

Valeur
Ce à quoi on accorde de l'importance. Pour certains, une notion morale. Pour d'autres, une cote boursière.

Valise antivol
Évolution de la ceinture antivol, dont le défaut est de ne loger qu'un portefeuille : la valise antivol, en forme de grosse bouée ou de kayak autour de la taille. Elle permet au touriste d'emporter en permanence l'ensemble de ses affaires en gardant les mains libres, tout en maintenant les voleurs à l'écart.

Van Gogh
Artiste maudit consensuel qui plaît au banquier japonais comme à l'intellectuel parisien, au facteur de la Garenne-Colombes comme au yuppie de Chicago.

Vandalisme
Souiller ou dégrader un lieu public pour le faire ressembler au désordre de son esprit.

Variétés
Il arrive qu'on appelle variétés des chansons qui sont toutes un peu du même genre.

Vaseline
Substance molle, onctueuse et incolore, comme des congratulations télévisées à la Nuit des Césars.

Vêler
Se dit d'une vache qui fait du vélo.

Vendu
Jadis, dire de quelqu'un qu'il était un vendu, c'était un insulte. Maintenant, quand on dit de quelqu'un qu'il sait se vendre, c'est un compliment.

Ventre os en chair
C'est quand une vente aux enchères fait un *bide*.

Verge
Entre une verge et une vierge, il n'y a qu'un **i** de différence. La forme même du **i**, juste à coté du **v**, n'en apparaît que plus pénétrante. Dans le respect des traditions, une femme peut vouer un culte à la verge du mari.

Vernissage
Mettre une couche de société brillante sur une exposition de tableaux.

Vernissage (cocktail)
Si vous craignez que votre peinture laisse le public sur sa faim, prévoyez cacahuètes et petits fours pour qu'il tienne le coup.

Vers libres (poésie)
Liberté, que de rimes on commet en ton nom !

Victor Hugo
L'avenue Victor Hugo, dans les beaux quartiers de Paris 16e, se dénomme ainsi parce Victor Hugo y habitait jadis. Aujourd'hui, résident là seulement Les Misérables qui ont réussi.

Vide
Parler de vide, c'est déjà le remplir.

Vidée
évitez les V devant une idée, un V devant une idée et la voilà Vidée, évidemment.

Vidéo d'endoctrinement
Pub télé : vidéo d'endoctrinement consumériste.

Vidiot
A la fois vide, et idiot. Se rencontre quelquefois dans l'expression : un jeu vidiot. On parle aussi d'*armes de distraction massive*.

Vie
Maladie héréditaire sexuellement transmissible. On en meurt dans tous les cas.

Dans le mot VIE, nous avons aussi les premières lettres du mot VIEILLIR.

Vie et mœurs
Les poils de moustache sont au membre nasal de l'homme ce que le rouge est aux lèvres petites ou grandes de la femme.

Vie et mort
Chaud et froid. On naît en sortant d'un trou, et quand on meurt, on nous met dans un autre trou. D'un trou à l'autre, qu'est-ce qu'une vie bien remplie ?

Vieillesse
(1ᵉʳ point de vue)
Tranche de vie supplémentaire offerte à ceux qui ne meurent pas trop tôt.

Vieillesse
(2ᵉ point de vue)
Vieillir, c'est avoir le choix. Entre se déglinguer, et mourir. Mais peut-être que la déglingue de la vieillesse, c'est pour s'habituer à la pourriture de la tombe.

𝔙ieux français
Poème : Mignonne, allons voir si l'arthrose...

Violence
On est contraint d'être violent quand on n'a plus la force d'être calme.

Vitesse
On a observé que les conducteurs pressés, écraseurs de pédales, branleurs de leviers de vitesse, pouvaient être souvent, de surcroît, éjaculateurs précoces.

Vitres teintées
Quand on est dans une belle voiture bien classe avec des vitres teintées, on peut se curer le nez au feu rouge, ni vu ni connu.

En revanche, cette injustice : si un piéton ou un cycliste fait un doigt d'honneur à un conducteur derrière sa vivre teintée, celui-ci peut le rendre, mais l'autre ne le voit pas. C'est une lutte inégale.

Vivre
Le changement m'angoisse, mais la routine m'ennuie. C'est la vie, avec ses Oh ! et ses Bah !

Vitrail
De vite et rail. Un T.G.V. : un Très Grand Vitrail.

Vivre
Vivre, c'est une manière de tuer le temps. Et à la fin, on meurt.

Vœu pieu
Envie d'emmener une personne séduisante au pieu.

Voile
Dans les pays gouvernés par les islamistes, les femmes doivent être voilées et rester à l'écart de la vie sociale extérieure. Dans les pays occidentaux, ce sont les vieux, les moches et les pauvres.

Volcan
Depuis l'affaire du volcan islandais en 2009, dont l'éruption avait bloqué l'aéronautique mondiale pendant un mois, on en parle toujours devant le tableau des départs dans les aéroports francophones : il y a un vol quand ?

Vols
Cambriolages en baisse : de nombreux vols sont parfois annulés en raison de mauvaises conditions météo.

Vourpitude
Turpitude, dans les milieux où l'on se vouvoie.

Voyageur
Voyageur indescend : personne qui ne descend pas à la prochaine.

W

Lettre à peine française qui sert surtout pour des mots étrangers.

Lettrines pour indiquer les latrines.

X

Lettre signifiant :
– Anonymat
– Pornographie
– École Polytechnique.
Dans les Grands Magasins, derrière le rayon quincaillerie, on trouve le rayon X pour se fournir en articles innommables, péripatéticiennes et polytechniciens.

W.C

Ils ne font que regarder nos fesses, et avec une lunette : les W.C.

Web Münster
S'écrit aussi Webmaster. Internet, il y en a qui en font tout un fromage.

Windows™
Système d'exploitation informatique. A l'exploitation de l'homme par l'homme, a succédé l'exploitation de l'homme par l'ordinateur. Le nom de cette marque informatique vient de ce que les utilisateurs ont souvent envie de jeter leur ordinateur par la fenêtre.

Word™
Après avoir imposé sa marque de traitement de texte à la majorité des usagers de l'informatique, Crimosoft étudie la possibilité de privatiser l'alphabet. Vous n'aurez désormais plus le droit d'utiliser les lettres de A à Z sans la licence Crimosoft. Une licence par stylo et par carnet. À chaque changement de stylo, vous devrez mettre à jour votre carnet, et réciproquement.

Y

Le i grec est, en chiffres arabes, la 25e lettre de l'alphabet latin.

Yoyo
Jouet mélancolique, avec des hauts et des bas.

Z

Z
Le Z est la dernière lettre de l'alphabet, tout au fond, près du radiateur : ZZZZZ...

Zapper
Procurer à son regard et à son esprit l'agilité visuelle et intellectuelle d'une mouche.

Zèbre
Ne garez jamais un zèbre neuf sur le parking d'un supermarché. Vous risquez de le retrouver avec des rayures.

Zéro
Chiffre femelle. Accouplé au 1, pond des gros chiffres.

Zizi
Sous ce petit nom familier se dissimule un membre important, qui occupe une place centrale quelque part. Attention, si on enlève ses i au zizi, il s'endort : zz.

Zone de non droit
Quand à Neuilly on fulmine contre les zones de non droit, on parle des banlieues chaudes ou des paradis fiscaux ?

Zone érogène
La zone érogène peut être homogène ou hétérogène. Homogène chez un hétéro, hétérogène chez un homo. Et vice-versa.

Zoo
Parc où l'on fait défiler des humains devant des animaux, lesquels ne sont pas forcément intéressés.

Ou :

Lieu où l'on emprisonne des êtres sensibles, seulement coupables d'être des animaux exotiques.

Zoom
Vient du mot zoo. Objectif que l'on utilise pour photographier les zoos de loin. Quand on m ça.

Zoophilie
Attirance sexuelle pour les animaux. Ne pas confondre avec aquariophilie : attirance sexuelle pour les aquariums.

Yves a noté pour vous

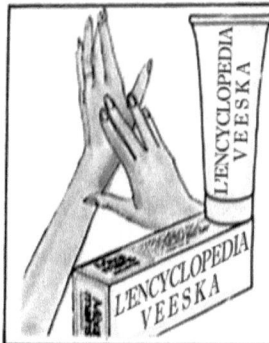

Plus de mains gercées et abîmées avec L'ENCYCLOPEDIA VEESKA. Grâce aux éléments bienfaisants qu'elle contient, les Mots d'Esprit, le Bons Sens et le Goût Exquis de ses illustrations, vos mains la feuillettent avec entrain. Il suffit de la lire un peu chaque jour et d'appliquer cette lecture en légers massages dans votre esprit égayé pour retrouver jeunesse et beauté. En vente exclusivement à la sauvette et sur Internet.

Avoir froid aux pieds quand on lit est une vraie misère. Pour remédier rapidement à cette sensation pénible, un conseil : prenez un bain de pied oxygéné et bienfaisant en faisant infuser dans une bassine des pages de L'ENCYCLOPEDIA VEESKA.

Vous éprouverez aussitôt une agréable sensation d'intelligence jusqu'aux orteils. Ce bain active votre esprit critique et calme l'agacement provoqué par une actualité déprimante. Le refroidissement de votre joie de vivre que vous redoutiez sera évité. Un bain de pied avec L'ENCYCLOPEDIA VEESKA apporte un réel bien-être. Recommandé dans votre bibliothèque.

Vous qui pensez aux vacances, pensez à votre culture générale. Ne la laissez pas mourir de soif pendant ces journées précieuses. C'est si facile ! Mettez L'ENCYCLOPEDIA VEESKA dans votre valise : cet ouvrage comporte une réserve de bons mots avec une mise en page aérée qui fera souffler un air neuf dans votre esprit reposé. Des bons mots, vous en trouverez de toutes les sortes : humour, poésie, philosophie. Accessible à partir du Certificat d'Études Autodidacte.

RÉCLAMES

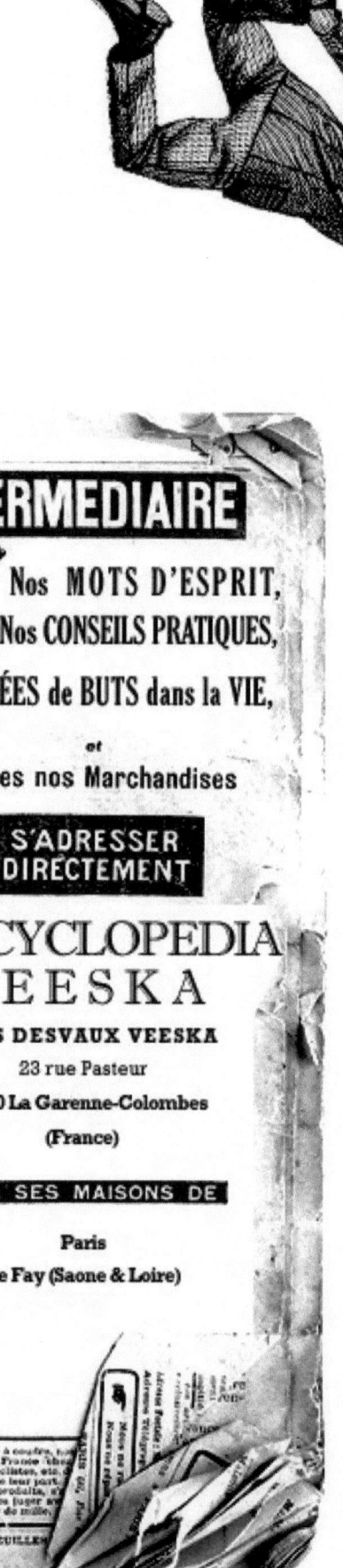

L'ENCYCLOPEDIA VEESKA

DE LA LECTURE AGRÉABLE ET QUASIMENT SANS EFFORT.

Vous en aurez en permanence dans votre bibliothèque ! Même les questions les plus difficiles s'éclairent en quelques secondes agréables dans un bon fauteuil.

Les concepts durs qui vous résistent sont brisés par cet astucieux ouvrage. Vos amis ne pourront que vous faire des compliments flatteurs.

Quels que soient vos amis et vos connaissances, vous n'en reviendrez pas !

Réf. YDV 2008-02-04 · Prix : raisonnable.

Ressemblance garantie.

YVES DESVAUX VEESKA

Auteur discret, Yves Desvaux Veeska ne parle jamais de lui à la 3e personne, sauf ici quand il faut rédiger une notice pour un livre et que personne ne le fait à sa place. Yves Desvaux Veeska écrit à tort et à travers, mais fait aussi de la peinture (c'est même son métier), des illustrations pour des encyclopédies (enfin, pour une encyclopédie, en tout cas) et des compositions numériques sans compter. Il est le plus souvent son propre éditeur, secrétaire, manutentionnaire... Et son propre marchand, mais il préfère la marche à pied. Il compose sur la vie, sur l'art, et sur les grands sujets de société quand on peut les traiter en moins de trois lignes. C'est ainsi qu'il a élaboré, en recyclant avec une fastueuse économie de moyens un ancien bouquin épuisé (Le Petit Dictionnaire Qui N'A Pas Peur Des Gros), ce nouvel ouvrage devenu indispensable, non seulement aux ménagères de moins de cinquante ans, mais à tous :
L'ENCYCLOPÉDIA VEESKA.